추락 3분 전

추락 3분 전

김리하 단편소설집

북멘토

차례

추락 3분 전

18년 인생에 급제동이 걸린 날, 세호는 중대한 결심을 했다.

"죽어야겠다."

결심은 어려운 일이 아니다. 실천하기로 마음먹는 게 뭐 그리 어려운가. 다만 한번 먹은 마음을 잊기 전에 행동으로 옮기는 것, 그게 어려운 거다. 실행력이 떨어지는 대다수의 사람들은 같은 결심을 번번이 반복한다. 하지만 세호는 달랐다. 마음먹으면 무엇이든 곧바로 실천하는 타입이었다.

'한 번에 끝내려면 뛰어내리는 게 정답이야.'

목을 매는 행위는 처절하다는 생각이 들었다. 목을 옭죄어 오는 끈을 저주하다가 생을 끝마치고 싶지는 않았다. 죽기 위한 다른 방법들을 찾느라 지긋지긋한 세상에 발을 담근 채 시간을 끌기도 싫었다. 세호는 지금 당장, 이 자리에서 죽고 싶었다. 옷을 벗고 목욕탕 안에 뛰어들듯, 이승의 껍질을 벗고 저승의 품속으로 달려들고 싶었다.

저승으로의 입수.

세호가 생각하는 저승은 드넓고 푸른 바다였다. 그 속에서는 미움도 저주도 상처도 없이 자유로울 수 있을 것 같았다. 누군가의 품에 살포시 안기는 느낌일 수도 있겠다고 생각했다.

그런데 뜻밖의 걸림돌은 아파트 옥상으로 올라가는 계단 입구에서부터 시작되었다. 계단 중간을 가로막은 쇠창살은 접근 금지 명령이나 마찬가지였다. 쇠창살 너머 계단 끝에 옥상으로 나가는 철문이 있었다. 물론 철문에도 커다란 자물쇠가 매달려 있었지만 멀리 있어서 그런지 눈앞의 쇠창살만큼 절망적으로 보이지는 않았다. 손이 닿는 쇠창살이야말로 현실적인 절망 그 자체였다.

'베란다로 가야겠다.'

세호의 마음은 바빠지기 시작했다. 자기 자신도 스스로를 믿지 못하는 순간이 올까 봐, 뛰어내리기로 한 그 마음이 식어 내쳐 주저앉고 싶을까 봐 다급해진 거다. 옥상이 안 되면 아쉬운 대로 집 베란다에서라도 뛰어내려 끝을 내고 싶었다.

갈팡질팡하는 사이 죽을 결심이 살 결심으로 바뀌는 꼴은 보고 싶지 않았다.

'아파트 9층에서 떨어지면 바로 죽겠지? 운 나쁘게 죽지도 못하고 반신불수나 식물인간으로 연명하는 건 아니겠지?'

세호는 계단을 되짚어 내려오며 생각했다. 자신의 집이 왜 18층 꼭대기가 아닌지 원망도 했다. 18층이었다면 떨어진 후의 결과를 이리저리 고민할 필요도 없었을 것이다. 죽음이 확실할 테니까.

집으로 들어오자마자 가슴이 아파 왔다. 누군가 세호의 심장을 손아귀에 넣고 주무르다 가차 없이 땅바닥에 내던진 듯한 느낌이었다. 갈라져 버릴 것 같은 가슴을 부여잡고 세호는 베란다로 향했다. 베란다로 통하는 거실 문을 열자 기다렸다는 듯 세호를 향해 바람이 몰아쳤다.

"내 이럴 줄 알았어."

활짝 열려 있는 베란다 창문 너머로 널린 이불을 보며 세호는 중얼댔다.

엄마는 햇볕이 쨍쨍 내리쬐는 날이면 어김없이 세호의 이불을 창틀에 내다 말렸다. 햇볕이 없으면 바람에라도 말렸고, 그마저도 없으면 건조대에 널어놓고 새 이불을 덮게 했다. 말리지 않은 꿉꿉한 이불을 덮고 잠들게 한 적이 단 한 번도 없었다. 세호의 모든 것들에 엄마는 헌신적이었다. 엄마에게 세호는 세상 전부나 마찬가지였으니까.

"엄마, 미안해. 그래도 엄마는 강하니까…… 괜찮을 거야."

세호는 이불을 걷다가 솟구쳐 오르는 감정을 주체하지 못했다. 그리고 결국 베란다 밖으로 몸을 날렸다. 이불을 품에 안은 채, 아니 이불에 얼굴을 파묻은 채 세호는 땅을 향해 곤두박질쳤다.

쿵!

삐삐삐삐.

이상한 기계음이 세호의 귓가에 울려 퍼졌다.

사람들의 분주한 발걸음 중간중간 흐느낌이 들려왔다. 눈 뜰 힘은 없었지만 소리의 분별은 가능했다. 죽어서 저세상으로 가도 시끄러운 건 여전하다는 생각이 들었다. 그러나 더 이상 생각할 기운도 없었다. 오로지 잠만 왔다.

"진짜 아무 이상 없는 건가요?"

"네, 모든 검사 결과 정상입니다. 어떻게 이럴 수가 있는지. 9층에서 떨어졌는데 척추나 두개골 골절도 전혀 없고,

신경이나 근육의 파열도 없어요. 이불로 몸을 감싼 덕택인가? 아니, 그건 상식적으로 말이 안 되겠죠? 어쨌든 꼭 누군가 밑에서 학생을 안전하게 받아 주기라도 한 것처럼 찰과상 하나 없어요. 정말 놀라운 일입니다."

"나중에 문제가 생길 수도 있지 않을까요?"

"어차피 조금 더 환자 상태를 지켜보겠지만 장기 손상도 전혀 없고 복강 내 출혈도 없으니 저혈량 쇼크의 위험도 벗어났다고 보고요. 아까 학생이 정신도 차렸고, 본인 이름 말하는 것도 들으셨죠? 지금은 자고 있는 겁니다. 이건 정말 기적이에요, 기적. 그 외에 다른 말은 할 수가 없습니다."

비몽사몽간에도 세호는 번갈아 들려오는 여자와 남자의 목소리를 들을 수 있었다.

"그런데 말이죠. 상황을 봐 가면서 학생을 신경정신과로 트렌스퍼 할 생각인데……."

"그게 무슨 말씀인가요? 다 정상이라고 하셨잖아요?"

"네, 거의 다 정상이에요. 다만 학생이 베란다에서 뛰어내려 목숨을 끊으려고 했다는 게 문제인 거죠. 그런 사람을 그냥 퇴원시킬 수는 없으니까요. 상담 치료를 통해서……."

"아니, 아니에요. 절대 아니라니깐요."

여자가 남자의 말을 거칠게 가로채며 울부짖었다.

"선생님이 뭘 모르시는 겁니다. 우리 세호는 그럴 애가 아니에요. 이 엄마를 두고 그런 못된 결심을 할 애가 아니라고요. 믿어 주세요."

'이게 뭐지? 엄마 목소리인데. 꿈인가? 죽어서도 꿈을 꿀 수 있어?'

세호는 꿈결에도 자꾸만 들려오는 엄마의 목소리가 신경 쓰였다.

"네네, 잘 알겠습니다. 어머님, 진정 좀 하시고요. 나중에 천천히 말씀 나누시지요."

"선생님, 잠깐만요. 제 말 좀 들어 주세요."

도망치듯 나간 남자에게 소리친 여자는 엄마가 분명했다. 세호에게 떨어질 듯 붙어 있던 조각 잠이 자취를 감춰 버렸다.

"세호야, 아니지? 이불 걷다가 실수로 떨어진 거지? 그렇지? 내가 미쳤지. 뭐 하러 이불을 널어놨을까? 세호야, 말해 봐. 엄마 놔두고 먼저 죽을 생각 한 거 아니라고. 말해 줘."

엄마가 실성한 사람처럼 세호의 몸을 잡고 흔들어 댔다. 세호는 숨이 막혀 왔다.

'이게 어떻게 된 거지? 내가 살아 있다는 거야?'

세호는 자신이 엄마 목소리를 듣는다는 건 둘 중 하나 일 수밖에 없다고 생각했다. 엄마도 죽어서 저승에 왔거나, 아니면 자신이 죽지 않고 이승에 남아 있거나. 눈뜰 힘도 없었지만 세호의 의식은 점점 또렷해졌다.

"야야, 니가 시방 뭣 하고 있냐? 안 그래도 높은 디서 떨어져 갖고 멀쩡헐지 안 멀쩡헐지 모르는 애를 진짜로 콱 죽여불라고?"

외할머니의 목소리였다.

'설마설마했는데 죽지 않고 살았구나. 어떻게? 어떻게 그럴 수가 있어?'

세호는 믿을 수가 없었다. 그 높은 데서 떨어지고도 살아 있다는 사실에 기가 막혔다.

"애가 지 아비 귀신이 씌었나 봐요. 파렴치한 인간, 죽었으면 곱게 저승으로나 갈 일이지 무슨 철천지원수가 졌다고 애한테까지 따라붙어서 이 지경으로 만들어 놓냐고오오오! 세호야, 정신 차려 봐라. 엉?"

한바탕 목소리를 돋우던 엄마는 할머니 손에 이끌려 세호에게서 떨어져 나갔다.

주변이 조용해지고 나서야 세호는 여러 갈래로 흐트러진 마음을 한데 가다듬을 수 있었다. 왜 살아났는지를 억울해하기 전에 왜 죽으려고 했는지부터 거꾸로 차례차례 떠올리는 게 우선이라는 생각이 들었다.

그러자 눈을 감고 있는 세호 앞에 손바닥만 한 종잇조각들이 쏟아져 내렸다. 뒤죽박죽. 규칙도 없고, 질서 같은 건 구경도 못 해 본 것처럼 종잇조각들은 막무가내로 날뛰고 설쳐 대며 뒤섞였다. 그러다 퍼즐 맞추기를 하듯 제자리를 찾아 움직이기 시작했다. 세호는 눈썹을 씰룩이며 미간에 힘을 모아 바라보았다. 종잇조각들이 제자리를 다 찾아갈 무렵, 세호는 그것이 무엇인지 알아챘다.

가족사진.

행복한 가족의 모습. 아빠, 엄마, 아들. 세 명이 활짝 핀 목련꽃처럼 커다랗게 웃고 있었다. 사진 속 아빠는 세호의 아빠가 맞았다. 사진 속 엄마도 세호의 엄마가 맞았다. 아, 그런데…… 자세히 보니 아니다. 세호의 엄마가 아니었다. 그렇다면 아들은? 이들도…… 세호가 아니었다. 세호보다 서너 살쯤 어려 보였다.

'도대체 아빠는 왜 처음 보는 여자, 처음 보는 남자애와 사진을 찍은 걸까?'

"!"

의문과 동시에 세호의 머릿속에 답이 떠올랐다.

아빠의 또 다른 가족. 아빠가 꽁꽁 숨겨 놓았던 그들이 기억난 것이다. 세호에게 한없이 좋은 사람처럼 보였던 아빠는 실은 부도덕한 사람이었다. 얼마 전 아빠의 죽음 이후에야 밝혀진 이 믿기지 않는 진실을 세호는 도저히 받아들일 수가 없었다. 완벽하기만 했던 세호의 인생 속으로 허락도 없이 저벅저벅 걸어 들어온 낯선 사람들. 그들의 존재가 세호의 뇌리에 알알이 박혀 시도 때도 없이 달그락거렸다. 그들로 인해 야기된 기분 나쁜 소문과 잡음들은 세호의 머릿속에 자리 잡고 앉아 떠날 줄을 몰랐고 급기야 세호의 정신을 혼미하게 했다.

세호는 살아야 할 이유를 모두 놓치고 말았다. 죽지 않고는 끝이 보이지 않을 일이었다. 믿었던 아빠에게 기만당했다는 끔찍한 기억을 평생 가슴 깊숙이 감춰 놓고, 그 기억들이 자신의 속을 하루에도 수십 번씩 난도질하도록 놔둔 채 살아갈 자신이 없었다. 세호는 죽어야만 했다. 그게 당연했고, 결국 뛰어내렸다.

그러나 세호는 죽지 않았다.

'나는 왜 살아난 걸까?'

죽으면 다 끝날 줄 알았는데, 살아났기 때문에 기억의 고통은 세호를 물고 늘어질 것이다. 두려움이 몰려왔다. 베란다에서 뛰어내려 바닥으로 떨어지기 직전까지의 짧은 순간이 떠올랐다. 몸이 오싹해졌다. 찰나였다. 생과 사의 갈림길은 생각보다 훨씬 단순했다. 베란다 창틀의 이쪽과 저쪽이 생과 사라는 걸 미리 알았더라면 평소 엄마를 도와 이불을 걷는 일은 하지 못했을 것이다. 생과 사는 이마를 맞대고 붙어 있는 것처럼 가까웠다. 일순간 그렇게 자신의 몸뚱이가 바닥에 떨어질 줄 세호는 몰랐다. 죽을 거라 생각하고 행한 일인데 죽지 않고 살아 있는 탓에, 죽음 앞에서 느꼈던 극심한 두려움과 속도감, 통증까지 고스란히 감당해야 했다.

'도대체 내 잘못이 뭐야? 그게 뭐냐고!'

아빠의 장례식에서 자신을 향한 사람들의 수군거림을, 세호는 어린 상주에 대한 연민이라고 여겼다. 하루아침에 교통사고로 아빠를 잃은 세호는 스스로가 보기에도 불쌍했기 때문에 타인의 시선 또한 그러하리라 믿었다. 많은 사람들이 꽤나 살갑게도 죽은 지인의 아들까지 챙기는구나, 고맙게 생각했다.

그러나 그 수군거림이 딴 집 살림을 차린 아빠와 아무것도 모른 채 살아온 세호에 대한 어이없음 내지는 불쌍함에서 비롯되었다는 것을 알게 된 순간, 세호와 엄마는 아빠의 호적에만 올라 있을 뿐 대외적인 모든 자리에서 아빠의 진정한 가족은 바로 숨겨 둔 그들이었다는 것을 알게 된 순간,

사업해서 벌어들인 모든 돈을 숨겨 둔 가족을 위해 아낌없이 투자하고 엄마에게는 생활비조차 주기 싫어했던 아빠의 실체를 알게 된 순간, 세호는 모든 것을 죄 쓸어내 버리고 싶었다.

'살고 죽는 것이 내 손에 달렸다고 생각했는데……. 그게 아니었어. 전적으로 내 뜻대로 할 수 있는 일은 없었던 거야.'

죽으려던 뜻을 이루지 못했다고 해서 다시금 죽고 싶은 생각이 들거나 억울해서 미치겠다거나 하는 마음은 없었다. 그런 걸 보면 죽음에 대한 세호의 생각은 다분히 충동적인 구석이 있었던 게 맞다. 하지만 세호는 그 결정을 내리기까지 자신이 겪은 분노와 절망을 누구나가 다 이해할 수는 없다고 해도, 최소한 '그깟 일로 죽으려고 해? 정신 빠진 놈!' 이렇게 일갈하는 사람은 없었으면 좋겠다고 생각했다. 세상에서 가장 어리석은 자가 범하는, 제일 쉬운 오류가 바로 '겪어 보지도 않은 남의 상황을 자기식대로 해석하여 하찮게 평가 내리는 것'이니까. 그런 자들은 세호가 가장 싫어하는 인간 부류였다.

"선생님이 안 믿으시면 어쩔 수 없는데요, 저는 진짜로 이 불을 걷다가 떨어진 거라고요."

세호는 만나는 의사한테마다 똑같은 말을 반복했다. 한시라도 빨리 병원을 빠져나가고 싶어서기도 했지만 엄마를 위해서라도 거짓말을 해야만 했다.

며칠 만에 잠에서 깨어나 엄마와 마주한 세호는 너무 놀란 나머지 주먹으로 입을 틀어막았다.

"어, 엄마. 머, 머리가 왜 그래?"

그 며칠 사이 엄마는 10년 이상의 세월을 한꺼번에 살아 버린 사람처럼 변해 있었다. 머리카락은 하얗게 새어 버렸고 얼굴에는 핏기가 없었다. 프랑스 혁명 때 마리 앙투아네트가 단두대의 이슬로 사라지기 직전 갑자기 백발로 변해 버렸다는 얘기를 들은 적은 있지만, 그런 현상을 눈앞에서 보게 될 줄은 몰랐다. 엄마의 백발을 보면서 세호는 죽음에 대한 공포를 통감했다. 세호가 잘못될까 봐 마음 졸이며 엄마는 이미 죽음의 고통과 두려움을 뼛속 깊이 경험해 버린 것이었다.

"그런 표정 지을 필요 없어. 네가 베란다에서 떨어졌는데 내 꼴이 뭐가 중요하니? 그래도 네가 이렇게 건강하게 깨어났으니까 됐다. 다 괜찮아. 염색하면 도로 예뻐져."

엄마가 웃었다. 불안하지만 실낱같은 희망을 품은 웃음이었다. 그런 가녀린 웃음을 보며 '실은 세상 살기 싫어서 자살하려던 거 맞거든요.'라고 말해서 엄마를 두 번 세 번 연거푸 죽음의 문턱으로 실어 나르고 싶지는 않았다. 불면 날아가 버릴 것같이 앙상해진 엄마를 바라보며 세호는 어떻게 해서든지 자신의 남은 생을 살아 내야겠다고 결심했다.

'개같이 느껴지더라도, 내 밥그릇의 남은 밥은······ 내가 먹어 치울 거야.'

원하지도 않았던 삶을 다시 살게 된 세호는 입술을 깨물었다.

병원에서 퇴원하여 돌아간 곳은 세호네가 아니라 할머니 집이었다. 작은 마당이 딸린 오래된 주택이었다. 세호는 자신을 내던졌던 9층 아파트로 돌아가고 싶지 않았기 때문에 오히려 잘됐다고 생각했다. 엄마 입장에서는 세호를 곁에서 지켜봐 줄 할머니가 계신 것만으로도 한시름 덜 수 있었다. 엄마는 여태 그래 왔던 것처럼 피아노 학원에서 학생들을 가르쳤다. 엄마의 자아실현이나 취미 활동쯤으로 여겼던 그 행위가 실은 세호와의 생계를 위한 호구지책이었다니. 아빠는 모든 재산의 명의를 숨겨 둔 여자 앞으로 바꿔 놓는 상식 밖의 친절함까지 떨며 세상을 떠났다. 주변에서는 소송을 해 보라는 말을 조심스럽게 건넸지만 엄마는 들은 척도 하지 않았다. 아빠와 관계된 모든 것들이 엄마에게는 불결하고 무가치했으니까. 몸이 가루가 되어 사라질 때까지 일할지언정 아빠가 빼돌린 돈을 소송으로 찾아와 먹고살 마음은 추호도 없는 듯했다.

할머니 집에서 빈둥거리는 것도 하루 이틀이 지나자 지겨워졌다. 목적 없이 시간을 때우는 건 세호의 적성에 맞지 않았다. 학교라도 가야 할 것 같았다. 이전처럼 최상위 성적을 유지하기 위해 치열하게 공부라도 하다 보면 복잡한 마음이 사라질 거라는 생각이 들었다.

"다음 주부터 학교 나가도 될 거 같아."

퇴근해서 돌아온 엄마를 보며 세호가 말했다.

"학교? 엄마가 자퇴서 냈어."

"뭐? 자퇴서?"

"그래, 네가 지금 학교 다닐 때니? 지금은 이상 없어 보여도 언제 어디서 몸이 아파 올지 아무도 모르는데. 올해까지 푹 쉬고 그냥 검정고시 봐서 대학 가면 되지. 대학도 너 가기 싫으면 가지 않아도 되고."

세호의 모든 스케줄을 꿰고 있던 엄마였다. 하루 중 시간대별로 무슨 과목을 공부하는지, 분량은 얼마만큼이며 어떤 문제집을 선택했는지까지 알고 있었다. 그랬던 엄마가 세호더러 학교를 때려치우란다. 아니, 본인이 직접 가서 때려치우고 왔단다. 지금 엄마의 머릿속에는 세호를 건강하고 정상적으로 살게 하겠다는 생각 외에 다른 것은 전혀 없어 보였다.

열심히 공부해서 최고가 되어 달라는 엄마의 말은 아빠의 죽음 이후 힘을 잃어버렸다. 자식만큼은 당당하게 키워 최고로 만들어 냈다는 말을 듣기 위해 엄마가 얼마나 노력했는지 세호는 누구보다 잘 알고 있었다. 그러나 본때를 보여 줄 아빠가 갑자기 죽고 나자 엄마 손에 쥐고 있던 나침반은 방향을 잃고 말았다. 맹목적인 목적, 그 하나만을 가리키던 나침반의 바늘은 갈 곳을 몰라 흔들릴 뿐이었다. 게다가 세호의 추락 사고는 불에 기름을 붓듯, 엄마로 하여금 고장 난 나침반을 아예 부숴 버리게 만들었다. 세호가 무엇이 되는가 하는 것은 더 이상 엄마에게 중요한 문제가 아니었다. 대단한 무엇이 되지 않아도 있는 그대로의 세호를 원한다는 게 느껴졌다. 세호는 엄마의 뜻대로 하루아침에 자퇴생이 되었다.

할머니가 해 주는 밥을 먹으며 하루 종일 드러누워 책만 읽어 대던 어느 날, 세호의 휴대폰으로 발신 번호 표시가 제한된 한 통의 전화가 걸려왔다. 세호는 집요하리만치 울려 대는 휴대폰을 이불 위에 던져 두고 거실로 나갔다. 마침 텔레비전에서 오래된 구닥다리 액션 영화가 흘러나와 넋을 빼고 보기 시작했다. 그렇게 한참이 지났을 무렵, 할머니가 세호를 빤히 쳐다보았다. 그간 한마디도 하지 않던 할머니였다.

"야, 세호, 이 자식아. 창시 빠진 새끼야. 너 진짜로 확 뒤져 불라 했어? 느그 엄마 놔두고? 느그 엄마가 이제껏 제정신으로 살아온 거 겉냐? 니 눈에는?"

갑작스러운 할머니의 물음에 세호는 아무 말도 할 수가 없었다. 네, 아니요 둘 중 하나를 골라 답변할 수 있는 질문이 아니었다. 세호는 자리를 피해 슬그머니 방으로 들어와 버렸다.

방바닥에 주저앉아 휴대폰을 살펴보니 그사이 부재중 전화가 열 통이나 와 있었다. 그때 또다시 발신 번호 표시 제한 전화가 걸려왔다. 하는 수 없이 세호는 전화를 받아 조용히 귀에 댔다.

"임무 전달받으십시오."

"?"

"최세호 씨, 임무 전달받으십시오."

"뭐라고요?"

"임무를 시작할 때라는 말씀입니다."

수화기 너머에서 들려오는 젊은 남자의 목소리는 단호했다. 다짜고짜 임무를 전달받으라니. 세호는 신종 보이스피싱이라 생각하며 끊으려고 했다.

"아파트 9층에서 떨어졌는데도 죽지 않고 살아난 것이 정말 기적이라고만 생각하십니까? 당신을 살리기 위해 누군가가 사력을 다해 애썼을 거라는 생각은 들지 않습니까?"

남자의 말에 세호는 깜짝 놀랐다.

'도대체 이 사람 뭐야? 어떻게 그걸 아는 거야?'

"당신을 살린 누군가처럼 당신 역시 자살하려는 사람을 살리러 달려 나가야 합니다."

"이, 이것 봐요. 나, 진짜 황당해서 말도 잘 안 나오는데……."

"지금 당장 나가십시오. 그게 당신의 임무입니다."

"잠깐만요. 그쪽이 내 뒷조사를 어떻게 하고 다녔는지 모르겠지만, 이 전화 내용 내가 다 녹음하고 있거든요. 말 같지 않은 소리로 자꾸 전화하면 경찰에 바로 신고할 거예요."

세호는 말하는 도중 녹음 버튼을 눌렀다.

"아마 그럴 수 없을 겁니다. 통화 내용은 녹음되지 않을 테니까요. 다른 사람들은 최세호 씨 휴대폰에서 어떤 이상한 점도 발견할 수 없을 겁니다. 우리 쪽에서만 전화 걸 수 있고, 문자를 보낼 수 있으니까요. 물론 확인한 문자는 사라지기 때문에 우리의 흔적을 찾기란 불가능합니다. 여기서 우리란, 자살로 향하는 문을 열어 봤거나 지금 그 앞에서 문을 두드리려는 자들을 말합니다. 우리는 하나의 고리로 연결되어 있습니다. 다른 사람들은 침범할 수 없는 고유 영역입니다. 그러니까 우리의 통화 내용은 절대 증거로 남지 않습니다."

남자의 얘기를 듣자마자 세호는 코웃음을 쳤다.

'녹음도 안 되고, 증거로도 남지 않을 이상한 통화라고? 신종 보이스피싱은 이런 거야?'

"지금 이 통화를 마치면 문자가 도착할 겁니다. 확인하는 즉시 당신은 구해야 할 사람이 있는 곳으로 순간 이동하게 될 것입니다. 그 자리에 도착하자마자 당신이 해야 할 일은 허리를 굽혀 등을 내어 주는 일입니다. 위에서 떨어지는 누군가를 당신이, 당신의 등으로 받아 주면 됩니다. 당신의 임무는 그것입니다. 덕분에 누군가는 살게 되는 거죠."

세호는 자신의 귀를 의심했다. 제대로 듣고 있는 게 맞는 건지 휴대폰을 귀에서 떼고 잠시 들여다보기까지 했다.

"이보세요. 아저씨, 지금 장난해요?"

26

"……."

"사기를 치려거든 상식적인 선에서 말을 해야죠. 고층 아파트 베란다에서 작은 돌멩이 하나 던져도 자동차 앞 유리가 산산조각 난다구요. 자동차만 망가뜨리나요? 사람 머리통도 박살 내요. 그런데 나더러 뭘 하라고요? 떨어지는 사람을 등으로 받아 내라고요? 히야. 나 참 황당해서. 내 척추가 무슨 고무야? 라텍스야? 사람 죽일 일 있어? 뭔 놈의 구라를 이따위로 쳐?"

흥분해서 한바탕 큰소리치던 세호는 갑자기 할 말을 잃었다. 불과 얼마 전 자신의 집 베란다에서 쉽게 내던져 버린 목숨이었다. 그런데 투신자살하려는 사람을 살리라는 이상한 남자의 전화 한 통에 길길이 날뛰는 스스로를 보면서 세호는 자기 마음속에 삶에 대한 욕구가 살아 꿈틀대고 있음을 느꼈다.

"최세호 씨, 좋은 징조입니다. 살고자 하는 마음이 꽤 믿음직스럽군요. 당신은 두 번 다시 자살 시도 따위는 하지 않을 겁니다. 당신을 살린 사람의 강력한 의지가 당신 몸속에 그대로 전달되어 녹아들었기 때문이죠. 우리의 예상이 맞았습니다. 당신은 자살 방지 조력자로 거듭날 수 있습니다."

"자살 방지 조력자?"

남자의 신뢰감 넘치는 음성은 이 통화가 사기 전화라고 딱 잘라 믿고 있던 세호를 혼란스럽게 만들었다.

"당신 역시 다른 자살 방지 조력자가 내밀어 준 등 덕분에 살 수 있었습니다. 그 등을 발판 삼아 살아날 수 있었던 거죠. 그래서 오늘 이렇게 당신이, 당신의 두 발로 땅을 딛고 서 있을 수 있게 된 겁니다."

남자의 말을 들은 세호는 그제야 엉킨 실타래가 풀리는 듯한 느낌을 받았다. 흙먼지 묻은 안경을 깨끗이 닦고 다시 썼을 때 보이는 선명한 세상처럼, 풀리지 않던 궁금증이 해결되고 있었다. 자신의 생환을 모두가 기적이라 외치며 신께 감사드렸던 순간, 정작 감사 인사를 받았어야 할 자는 신이 아닌, 얼굴 한 번 본 적 없는 자살 방지 조력자였던 것이다. 아빠는 임종하는 순간까지 엄마와 세호의 존재 자체를 외면해 버렸는데, 생면부지의 자신을 위해 기꺼이 허리를 굽혀 땅에 엎드려 준 사람은 누구였을까? 온전히 자신의 등으로, 목숨을 버리려는 자의 무거운 몸뚱이를 받아 준 사람은 과연 누구였을까? 그런 사람이 진정 이 세상에 있다는 것이 사실일까? 갑자기 세호의 목울대가 저려 왔다.

"이런, 너무 많은 말을 나눴군요. 앞으로의 일정을 말씀드리겠습니다. 곧 당신의 휴대폰으로 보내질 문자 메시지는 자

살 예정자의 신상에 관한 것입니다. 당신을 구한 당신만의
자살 방지 조력자가 한 명이었던 것처럼, 당신 역시 문자 속
그 한 명의 유일한 조력자가 되어 주는 것입니다. 문자를 보
고 자살 예정자의 낙하 장소로 순간 이동을 하게 되면 모든
생각을 멈추십시오. 잡념이 끼어드는 순간 예상치 못한 일
이 생길 수도 있습니다. 하지만 그건 순전히 당신 탓만은 아
닙니다. 자살 예정자와 자살 방지 조력자 간의 상호 교감의
문제이기도 하니까요. 누군가를 살리고 싶은 최세호 씨의 의
지가 강렬할수록, 또 자살 예정자의 마음속에 남은 삶에 대
한 의지가 클수록 성공 확률은 높습니다. 소중한 생명을 구
하는 일에 당신의 진심을 다해 주길 바랍니다."

남자는 자기 할 말만 하고는 재빨리 전화를 끊었다. 당황
한 세호는 안절부절못했다.

잠시 후,

띠링.

문자 메시지가 왔다.

- 21세 여자. 삼수생. 성적 비관으로 자살 결심. 서구 근면
  동 희망아파트 1001동 1301호. 신발 벗기 1분 전. 추락
  3분 전.

문자를 확인하는 세호의 온몸이 덜덜 떨려 왔다. 알지도

못하는 여자가 처음 듣는 동네에서 3분 후에 자살할 예정이니 얼른 쫓아가서 구해 내라는 경고의 문자. 세호에 대한 신상 정보를 낱낱이 읊으며 경찰청을 사칭해 돈을 빼내 가려는 꼼수를 부렸다면 한방에 무시해 버렸을 것이다. 그러나 인간 같지 않은 사기꾼들의 파렴치한 행각이라 치부하기에는 문자로 찍힌 단어들이 범상치 않았다. 두 눈을 질끈 감았지만 글자들은 더욱 선명하게 돋아 나와 세호의 머릿속을 헤집고 돌아다녔다.

'도대체 내게 무슨 일이 일어나고 있는 거야?'

어찌 됐든 이 순간 누군가가 죽을지도 모르고, 그의 죽음을 막을 수 있는 사람이 오로지 자신뿐이라면, 이러한 사실을 알면서도 모른 척 외면할 수는 없었다.

눈을 감은 채 정신을 가다듬는데 순간 번개를 맞은 것처럼 강한 울림이 머리끝에서부터 발끝까지 전해졌다. 살며시 눈을 뜬 세호는 놀라서 비명을 지르고 말았다. 생전 처음 보는 낯선 장소에 와 있었기 때문이다. 이리저리 둘러보았지만 한 번도 온 적이 없는 곳이었다. 세호는 고개를 들어 아파트 꼭대기를 쳐다보았다. 현기증이 나 조금 비틀거리다가 정신을 차렸다. 그리고 발끝을 내려다보며 서서히 몸을 구부리기 시작했다. 등 위로 떨어질 자살 예정자를 생각하자

저절로 몸이 움직였다.

그렇게 등을 굽혀 엎드린 그 짧은 순간.

"이런 미친 짓을 하라고?"

세호의 입 밖으로 터져 나온 말은 날카로운 쇠꼬챙이가 되어 세호의 귓속을 파고들었다. 터무니없고 황당무계한 짓거리는 그만두라는 질책의 메시지가 입에서 나와 귀를 통해 뇌 속으로 전해졌다. 실제로 쇠꼬챙이가 귀를 찔러 대는 것 같은 통증이 일었다. 아픈 만큼 화가 치밀어 올랐다. 자신도 미치고, 세상도 미쳐 돌아가는 게 분명했다.

마음을 추스를 수 없을 정도로 치를 떨다가 세호는 깨달았다. 자신이 낯선 아파트에서 순간 이동되어 할머니 집으로 돌아와 버렸다는 사실을.

쿵!

곧이어 세상을 둘로 쪼개 버린 듯한 소리가 천지에 울려 퍼졌다. 세호는 귀를 틀어막고 주저앉았다. 세상이 쪼개진 것이 아니라면 자신의 몸뚱이가 절반쯤은 날아갔을 것 같은 엄청난 소리였다. 세호는 이불을 뒤집어쓰고 드러누워 버렸다. 혹시나 하는 마음에 휴대폰을 확인해 보았지만 더 이상 전화나 문자는 오지 않았다. 자기도 모르게 앉은 자리에서 낯선 동네로, 다시 원래 자리로 되돌아온 건 직접 겪고도 믿을 수 없는 일이었다.

'정말 자살 예정자가 그곳에 있었다면 어떻게 됐을까? 내가 그 사람을 받아 주지 않고 돌아와 버렸으니. 설마 죽은 건 아니겠지? 근데…… 그 커다란 소리는 어디서 난 거지?'

모든 게 장난일 거라고, 악몽을 꾸는 걸 거라고 고갯짓하는 사이에도 세호의 마음속에서는 의심과 불안의 씨앗이 자라나고 있었다.

띠링.

문자 알림음에 세호는 기겁을 했다. 문자 확인을 해야 할지 말아야 할지 고민하면서 결국 곁눈질로 휴대폰 화면을 쳐다보았다.

- 21세 여자. 삼수생. 추락사. 사망 시간 2016년 4월 29일
  17시 34분 53초.

의심과 불안은 현실이 되었다.

문자를 확인한 세호의 손이 파르르 떨렸다. 손에 쥐고 있던 휴대폰을 벽 쪽으로 집어 던졌다. 두려움과 함께 찾아온 생경한 감정들이 온몸을 덮쳤다. 세호는 이불 속으로 기어들어갔다. 조금 전의 그 커다란 소리가 여학생이 추락하며 바닥과 부딪칠 때 난 소리였다는 생각이 들자, 세호의 호흡은 점점 거칠어졌다. 온몸의 피가 얼굴로 쏠리며 관자놀이

가 부풀어 오르는 게 느껴졌다. 바위에 정을 대고 쪼아 대듯 온갖 감정들이 관자놀이를 집요하게 쑤셔 댔다. 타인의 사망 사실을 알려 준 문자에는 '그다음 차례는 바로 너야.'라는 뜻이 내포된 듯했다.

"어머, 이게 왜 이 모양이 됐니?"

퇴근해서 돌아온 엄마가 방바닥에 떨어져 있는 세호의 휴대폰을 살피며 물었다. 이불 속에서 웅크린 채 숨죽이고 있던 세호는 엄마의 목소리에 정신을 차렸다.

"액정만 깨졌나 봐. 다행히 전원은 켜진다. 수리받아라."

엄마는 세호에게 휴대폰을 건네고는 방바닥에 풀썩 주저앉았다.

"화난다고 집어 던져 봤자야. 던지고 나서 뒷일 감당할 자신 있어? 오늘은 액정값 10만 원 남짓이겠지만 내일은, 모레는? 텔레비전 던지고, 냉장고 깨부술래? 다 부수고 나면 뭘 부술래? 제 성질 못 이긴 세상 사람들이 전부 집어 던져 깨부순다고 해도 넌 그러지 말아야지."

"그런 거 아니라고. 엄마는 잘 알지도 못하면서."

혹시라도 엄마가 휴대폰에서 문자를 확인할까 봐 세호는 전원 버튼을 꾹 눌러 껐다.

"그래, 내가 널 어떻게 알겠니? 한 사람이 다른 한 사람을 완벽히 알 수 있는 일 같은 건 세상에 없지. 부모 자식 간이라도 그런 건 불가능하지. 그러니까 넌 너만 생각하면서 살아. 네 주변이 다 부서져 나간다고 해도 정신 똑바로 차리고 네 갈 길 가라고. 부서져서 없어지는 건 다 그럴 만한 이유가 있어서 그렇게 되는 거다. 그런데 너는 아니야. 너는 살아야 할 이유가 있잖니."

엄마의 목소리는 단호했고 눈빛은 처연했다.

"그 이유를 내가 모르겠다면 어떻게 해야 돼? 난 몰라. 정말 모르겠다고!"

세호가 소리를 질렀다.

9층에서 떨어지고도 살아났을 당시 물밀듯 밀려오던 공포감, 타인의 죽음을 외면해 버린 끝에 마주하게 된 자책감. 그 와중에 끊임없이 솟구치는 존재에 대한 부정은 세호를 절망의 나락으로 몰아갔다. 이 모든 감정들은 몇 번을 양보하며 곱씹어 보아도 삶이 아닌 죽음에 어울리는 근사치였다. 그런 까닭에 세호는 마음에도 없는 억지를 부리고 있었다.

"당사자인 내가 살아야 할 이유를 모른다면, 그래서 미칠 것 같다면 그럼 없어져도 되는 거 아냐? 원래 태어나지도 않았던 것처럼 그렇게 사라지면 되는 거잖아? 안 그래?"

짝.

순간 엄마의 손이 세호의 왼쪽 뺨을 갈겼다.

평생 처음 있는 일이었다. 맞은 뺨이 찢어질 것처럼 욱신 거렸다. 차라리 찢어졌으면 좋겠다는 생각이 들었다. 뺨부터 찢어져서 얼굴 전체가 다 찢어지고 팔다리가, 온몸이 갈가리 찢겨 나가서 세상 어느 곳에서도 자신의 흔적을 찾을 수 없었으면 좋겠다고 생각했다.

'왜 때리는 거야? 나는 내 잘못이 뭔지 모르겠다고.'

세호의 두 눈에 눈물이 차올랐다.

"네 잘못이 뭔지 모르겠어? 정말 몰라? 왜 몰라? 네가 살 아야 할 이유를 못 찾는 거, 그게 네 잘못인 거야. 살아. 죽을 것같이 힘들어도 살아. 살아야 할 이유를 죽기 살기로 찾아. 살다 보면…… 살아야 할 이유를 알게 될 거다. 너는, 너만은 그럴 수 있어."

말을 마친 엄마가 휘청대며 방문을 열고 나갔다. 엄마가 나가고 나서야 방 안 가득 퍼진 술 냄새를 알아차렸다.

다음 날 오후 늦게까지 세호는 방 안에만 틀어박혀 있었 다. 아무것도 할 수가 없었다. 먹을 수도, 잠을 잘 수도, 생각 을 할 수도 없었다. 옷장 속에 던져 둔 휴대폰이 신경 쓰여 서 아무것도 할 수가 없었다. 결국 세호는 휴대폰을 꺼내 전 원을 켰다. 다행히 새로 온 문자나 전화는 없었다. 그런데 또

다시 믿지 못할 일이 일어났다. 정말로 어제의 문자가 흔적도 없이 사라져 버린 것이었다. 남아 있는 문자도 통화 내역도 없으니 어제의 상황이 실제 있었던 일이었는지, 아니면 꿈을 꾼 것인지조차 헷갈리기 시작했다. 한숨 쉬며 휴대폰을 내려놓으려는 순간,

띠링.

– 15세 남자. 자살 시도 전무. 학교 폭력 피해자. 심신 불안정인 상태에서 충동적 자살 결심. 상심구 소원동 금강프라자 옥상. 신발 벗기 1분 전. 추락 3분 전.

문자를 받자마자 세호는 두 눈을 감았다.

어제의 일은 사실이었고, 오늘 일어나고 있는 일 또한 사실이라는 것을 받아들여야만 했다. 자리에 앉아 온 마음을 집중하자 또다시 정수리에서 강한 울림이 일었다. 이번에도 세호는 순식간에 공간 이동하여 금강프라자라는 낯선 상가 건물 앞에 섰다. 고개를 들어 옥상을 바라보려 했지만 난간에 반사된 햇빛이 유난히 눈부셨다. 눈을 가늘게 뜨고 옥상 난간을 쭉 훑어보았지만 문자 속의 자살 예정자는 없는 듯했다.

'난간 안쪽에서 신발을 벗고 있는 걸까?'

투신하는 사람의 대부분은 본능적으로 신발을 벗는다고

한다. 신발을 벗는 것은 밖에서 안으로 들어올 때 하는 행위이다. 하루의 일과를 마치고 집으로 돌아올 때 현관에 신발을 벗어 놓는 것처럼 말이다. 치열한 경쟁과 힘든 일상의 격전지로부터 벗어나 무사히 안식처에 당도했다는 것을 현관에 다소곳이 놓인 신발 한 켤레에서 읽어 낼 수 있다. 그렇다면 자살 예정자가 신발을 가지런히 벗어 놓는 것은 자신만의 안식처로 향하는 행위로 이해될 수 있을까? 지금이 바로 자살 예정자가 세상으로부터 상처받고 피폐해져 현실 너머에 존재하는 자신만의 안식처를 찾아가려는 순간이라면, 세호 자신이 그 순간의 한 면을 찢고 들어가 그를 방해해도 되는 것인지 주춤할 수밖에 없었다.

하지만 이내 세호는 고개를 흔들어 잡념을 떨쳐 냈다. 어제처럼 또다시 실패할 수는 없었다. 자살 예정자의 '죽고 싶다'는 생각이 '죽어야겠다'는 결심과 '죽는 게 최선이다'라는 판단으로 이어지기까지 그의 아픈 마음을 들어 준 사람이 한 명도 없었다면, 그래서 그가 어쩔 수 없이 죽음을 안식처라 믿고 이승과 저승의 경계에 서 있는 거라면 일단은 그를 멈춰 세워야 한다. 위태로운 경계에서 살짝 비켜나도록 해야 한다. 비켜난 바로 그 지점에서 그에게 어느 누구하고라도 시선을 맞추고 이야기 나눌 수 있는 기회가 주어져야 한다. 그런 기회가 주어진다면 그는 자신의 안식처를 저 승이 아니라 이승으로 재인식할 수도 있지 않을까? 이승에 서 살아야 할 이유가 수만 가지 있어야만 저승으로 향하는 마음을 멈춰 세울 수 있는 게 아니다. 저승에 서둘러 갈 여 러 비참한 이유들을 잠재워 줄 단 하나, 단 하나의 살아갈 이 유만 있어도 그는 이승을 절대 떠나지 않을 것이다. 자살 방 지 조력자의 구원이 살아야만 할 단 하나의 이유가 되어 세 호가 지금 여기에 머무르는 것처럼 말이다.

'살아야 할 이유를 나도…… 그에게 줄 수 있을까?'

세호의 심장이 뻐근해져 왔다.

어찌 되었든 사람의 생명이 달린 일이었다. 무엇보다 눈 앞에서 사람을 놓치는 일은 두 번 다시 겪고 싶지 않았다. 자 살을 결심할 정도로 상처 입은 사람의 마음을 누구보다도 세호는 잘 알고 있었다. 겪어 봤으니까. 무조건 그의 편이 되 고 싶었다. 그를 살리고 싶었다.

'제발, 내가 저 사람을 살릴 수 있게 해 줘요.'

세호는 천천히 허리를 구부렸다.

'도착하자마자 그 자리에서 당신이 할 일은 허리를 굽혀 등을 내어 주는 일입니다.'

어제 걸려 온 전화 속 신원 미상의 남자가 한 말이 떠올랐다. 어느 지점으로 몇 발짝을 옮겨서 몇 분간 대기하라는 식의 구체적인 언급은 없었다.

'사람을 살리는 중대한 일 앞에서 그냥 허리만 굽혀 등을 내어 주면 되는 걸까?'

상식상 어림도 없는 얘기지만, 세호는 더 이상 상식을 논하지 않기로 했다. 의심이 새어 드는 사이 그 의심에 잠식당해 할머니 집으로 돌아가 버릴지도 모를 일이니까. 사람의 육신이 땅바닥에 떨어지며 만들어 내는 그 무지막지한 굉음을 세호는 다시금 감당할 수는 없을 거라 생각했다. 저승의 문을 열기 위해 자기 몸뚱이를 제물로 바치는 사람의 마지막 외침. 땅과 몸뚱이가 하나가 될 때 천지에 솟구쳐 오르는 굉음. 그건 더 이상 이승에서 사람으로 살고 싶지 않다는 처절한 울부짖음이었다. 세호는 온 마음을 모아 허리를 구부렸다. 이마에 땀방울이 맺혔다.

'당신이 살길 바라. 내가 진심으로 그걸 바란다고.'

쿵!

세상의 끝을 알리는 듯한 거대한 소리가 세호의 등에서 울려 퍼졌다. 어제와 같은 어마어마한 굉음이었다. 자살 예정자가 떨어지는 순간 세호의 등에 전해진 무게는 온몸을 집어삼킬 것 같은 통증으로 바뀌었다. 하지만 장소는 할머니 집이 아닌 금강프라자 앞 그대로였다. 세호가 자살 방지 조력자로서 첫 임무를 완수한 것이다.

세호는 정신이 하나도 없었다. 추락한 자살 예정자의 몸은 상상을 초월할 정도로 무거웠고, 그의 몸을 받아 낼 때의 고통은 내장이 튀어나오는 게 아닐까 여겨질 만큼 어마어마했다. 세호는 자신의 등에 떨어진 남자와 함께 바닥에 쓰러졌다. 가까스로 몸을 일으킨 세호는 남자의 가슴팍에 귀를 갖다 댔다. 심장이 고동쳤다. 코끝에 손을 대 보니 숨결이 느껴졌다. 그제야 세호는 자신보다 어려 보이는 남자아이의 얼굴을 보았다. 정신을 잃기는 했지만 살아 있는 게 분명했다. 저 멀리서 사람들이 웅성대며 다가오는 모습이 보였다.

'집으로 돌아가야겠어.'

중얼거림이 끝나기 무섭게 세호는 할머니 집 자신의 방으로 돌아와 있었다.

등이 부서지고 허리가 끊어져 나갈 것 같은 극심한 고통이 몰려왔다. 세호는 이내 쓰러져 정신을 잃고 말았다.

밤새도록 끙끙 앓으며 자다 깨다를 반복하던 세호에게 새벽 무렵 전화가 왔다. 끈질기게 울려 대는 전화를 가까스로 받은 세호는 대답할 기운이 없어서 그냥 듣기만 했다.

"최세호 씨, 지금 무척 힘드시죠? 아픈 몸은 2, 3일 후면 정상으로 돌아올 겁니다. 생명을 살리는 좋은 일을 하고도 보상은커녕 몸까지 아프니 뭐 이런 말도 안 되는 경우가 다 있나 싶을 겁니다. 하지만 당신이, 당신 몸을 바쳐서 자살 예정자를 받아 낸 순간, 그의 고통을 함께 나누었기 때문에 그는 살 수 있게 된 것입니다. 당신의 아픔 역시 당신을 받아 낸 조력자가 나눠 가졌다는 것을 기억해 주십시오. 또한 당신 가슴속 삶의 의지가 그에게로 전달되었으니 그는 무사히 잘 살 수 있을 겁니다. 당신처럼 말입니다. 앞으로도 자살 방지 조력자로서의 삶을 부탁드립니다. 감사합니다."

세호는 전화 속 남자가 무슨 말을 했는지 다 기억하지는 못했다. 며칠이 지나면 몸이 나을 거라는 얘기만 도드라지게 들렸고 그래서 다행이라고 여기며 깊은 잠에 빠져들었다.

그 후로 여러 번의 문자가 왔다. 한동안 뜸하기도 했다가 어느 때는 이틀 연속 자살 예정자를 구하러 나간 적도 있었다. 그들과 나눈 고통이 아무리 크다고 할지라도 당사자만큼은 아닐 거라는 걸 알기에 세호는 주저함 없이 몸을 일으켜 그들에게로 갔다. 사람을 살려 냈다는 희열 때문인지, 타인의 고통을 나누는 것에 차츰 적응했기 때문인지 갈수록 통증은 견딜 만한 수준으로 줄어들었다.

자살 방지 조력자로 살게 된 세호는 스스로를 돌아보는 시간이 많아졌다. 나는 누구인지, 내가 진정으로 하고 싶은 것은 무엇인지를 찾기 위해 세상 밖으로 한 걸음씩 걸어 나갔다. 학교만 다니지 않을 뿐 예전의 최세호로 거의 돌아와 있었다. 워낙에 말수도 없고, 낯가림도 심해 친구가 없긴 했지만 도서관에서 혼자 공부를 하다가 눈인사를 나누게 된 형들과 자판기 커피 한 잔 정도는 서서 마실 정도의 주변머리도 생겨났다. 먼 미래의 거창한 계획을 세울 마음까지는 들지 않았지만, 최소한 내일 할 일과 이번 주 계획 정도는 세우고 점검하며 생활의 질서를 잡아 나갔다. 이렇게 하루하루를 살다 보면 정답은 아닐지라도 엇비슷한 해답은 생겨나겠지, 막연하게나마 세호는 생각했다.

띠링.

- 45세 여자. 15년 전과 7년 전 두 번의 자살 미수. 남편의 외도와 사망, 자녀의 자살 미수로 인한 심각한 우울증. 공황 장애. 대인 기피증. 반하구 인내동 금강아파트 104동 905호. 신발 벗기 1분 전. 추락 3분 전.

'어라? 이 주소는 예전 우리 집 주소인데.'

한동안 뜸하던 자살 예정자 안내 문자를 받은 세호는 고개를 갸웃했다. 엄마가 꽤 오래전부터 부동산에 집을 내놓

왔다고 했으니까 지금쯤 팔려서 벌써 다른 사람이 살고 있을 것이다. 그런데 하필 그 집에서 누군가가 극단적인 선택을 하려고 하다니……. 다른 때보다도 더 긴장되면서 가슴이 요동쳤다.

'벌써 자살 시도도 두 번씩이나 했다는데 꼭 살려 내야 해.'

세호는 다른 사람의 눈을 피해 도서관의 화장실 안으로 들어갔다. 정신을 집중하자마자 몸이 순간 이동되어 도착한 아파트 화단. 넉 달 넘도록 와 보지 않았지만 십 년 동안 산 아파트는 여전히 세호 자신의 동네라고 여겨졌다. 익숙한 풍경이 눈에 들어오자 바닥으로 떨어질 때의 느낌이 되살아났다. 다시는 떠올리고 싶지 않은 기억이었다. 정신을 차리고 고개를 들어 9층을 보았다. 예전 세호네 집 난간에 이불이 널려 있었다.

'어? 이사 온 사람들도 우리랑 똑같이 이불을 널어놨잖아. 어어, 이불?'

불현듯 불안감이 몰려왔다. 세호는 다시 한번 문자를 확인했다.

'45세 여자. 남편의 외도와 사망. 자녀의 자살 미수. 104동 905호.'

"호, 혹시 엄마?"

문자에 제시된 자살 예정자는 다름 아닌 엄마였다. 엄마가 분명했다. 그때, 이불을 거둬들이는 손이 보였다. 세호는 엄마에게 전화를 걸었다. 받지 않았다. 세호의 머릿속이 하얘졌다. 집으로 뛰어올라 가야 할까? 하지만 엘리베이터를 타고 집으로 향하는 사이 엄마가 떨어져 버릴 수도 있는 일이었다. 방법이 없었다. 다른 자살 예정자를 구해 냈을 때처럼 허리를 굽혀 등을 내미는 수밖에 없었다.

'그러다 내가 엄마를 놓치면? 실수로 받지 못하면?'

세호는 지옥문이 자신을 향해 활짝 열려 있는 것만 같았다. 엄마를 살릴 수만 있다면 자신의 목숨 따윈 아무래도 상관없었다.

'엄마, 제발 내 등으로 떨어져. 다른 곳은 안 돼. 꼭 내 등이어야만 해. 제발 엄마.'

더 이상 생각할 시간적 여유가 없었다. 세호는 허리를 굽혔다. 굽히자마자,

쿵!

엄마가 세호의 등으로 떨어져 내리며 굉음이 울려 퍼졌다. 저승의 문으로 들어가기 위해 자신을 내던진 엄마는 끔찍하리만치 무거웠다. 뼈가 으스러져 내릴 듯한 엄청난 고통이 밀려왔다.

"엄마? 괜찮아?"

세호는 몸을 일으켜 자신의 옆에 누워 있는 엄마에게 다가 갔다. 엄마의 맨발이 보였다. 세호는 두 손으로 엄마의 발을 감싸 쥐었다. 갈라진 발꿈치가, 차갑고 거친 발바닥이, 엄마 가 베란다 밖으로 몸을 던졌어야 할 이유처럼 느껴졌다. 경 비 아저씨와 길 가던 사람들이 세호와 엄마 쪽으로 다가오고 있었다. 세호는 엄마를 일으켜 둘러업고 달리기 시작했다.

"엄마, 나더러 살라고 했지? 살다 보면 이유를 찾게 될 거 라고 했지? 이제 알았다. 엄마 살리려고 내가 살아난 거야. 그렇지?"

세호는 울음을 토해 내며 소리 질렀다.

"그러니까 엄마 죽지만 마, 제발. 부탁이야, 엄마. 제발, 대 답 좀 해 봐. 엄마."

엄마의 축 처진 손이 어느새 세호의 옷자락을 붙잡고 있 었다.

쇼퍼홀릭

지난 일요일, 나는 아빠의 새로운 면을 발견하고 적잖이 당황했다. 아빠가 너무 많이 변했기 때문이다. 물론 변하지 않는 사람은 없다. 정도의 차이만 있을 뿐, 사람은 모두가 변한다. 좋은 쪽으로 변할 수도 있고, 나쁜 쪽으로 변할 수도 있다. 그러므로 그 두 가지 경우의 수를 염두에 두어야 지켜보는 입장에서는 덜 놀랄 것이다. 그런데 내가 미처 알지 못한 것이 있었다. 예측 불허의 변수도 있다는 사실을 말이다. 변하기는 변하되 아주 이상하게 변할 수도 있다는 것. 그게 바로 변수다. 우리 아빠의 경우처럼.

　점심때쯤 엄마가 대청소를 한다며 온 집 안의 창문을 다 열고 먼지를 털기 시작했다. 잠시 후 안방 청소를 하다 말고 엄마가 아빠를 불렀다.

"당신, 이리 좀 와 봐."

거실에서 이불을 뒤집어쓴 채 텔레비전을 보고 있던 아빠
가 마지못해 안방으로 갔다.

"왜, 뭐 시킬 일이라도 있어?"

"시킬 일도 있고, 물어볼 말도 있고. 옷장 속에 이런 게 있
던데, 어디서 났어?"

엄마가 쇼핑백 속에서 남자 셔츠 하나를 꺼내 흔들었다.
붉은색 체크무늬였다.

"아아, 그거? 회사 앞에 큰 아웃렛 매장 생겼다고 했지? 거
기서 이월 상품을 싸게 팔더라고. 김 대리 사는 거 구경하다
가 나도 하나 골랐지. 김 대리 말이 이거 완전히 거저래, 거
저."

아빠는 엄마 손에서 셔츠를 채 가 입기 시작했다.

"당신이 이런 걸 살 줄 알아?"

엄마는 믿기지 않는다는 눈빛으로 아빠가 셔츠 입는 모습
을 바라봤다.

"어때? 괜찮지?"

"그러네. 셔츠는 예쁘네. 당신한텐 썩 안 어울리는 게 문
제지만."

엄마는 여전히 못 믿겠다는 표정을 지었다.

"무슨 소리야? 거기 점원이 내가 이거 입으니까 딱 내 옷이라고 얼마나 칭찬을 했는데. 안성맞춤이란 이럴 때 하는 말이라더라."

아빠는 셔츠를 입은 채 욕실 거울 앞에서 갖은 포즈를 취해 보였다. 아빠의 표정이 신날수록 엄마는 벌레 씹은 얼굴을 했다.

"점원이 예뻤어?"

엄마는 난데없이 이상한 질문을 했다. 여자들 사이에서 흔히 말하는 촉이라는 게 발동한 모양이었다. 엄마의 의도된 질문에 나도 모르게 아빠의 반응을 살폈다. 아빠는 거울 속 자기 모습에 이미 도취된 상태라 별생각이 없어 보였다.

"내가 그걸 어떻게 알아?"

"그걸 왜 몰라? 점원이 옷 골라 주고 칭찬까지 해 줬다며?"

"그랬지."

"근데 점원이 예쁜지 안 예쁜지 그걸 몰라?"

엄마의 두 볼이 빵빵하게 부풀어 올랐다. 짜증 났다는 증거다.

"내가 옷 보러 거길 갔지 점원 얼굴 보러 갔어? 아 참, 점원이 남자였다. 맞다, 남자."

아빠는 엄마의 부푼 볼에 신경도 안 쓰더니 너무나도 태연하게 예상 밖 답안을 내놓았다. 엄마가 예민한 건지, 아빠가 뭔가를 숨기려는 건지 판단을 내리기엔 기초 정보가 상당히 부족했다. 일단 사태가 나쁘게 흘러가는 건 막아야 내 한 몸 편할 거 같아서 잽싸게 말머리를 돌렸다.

"아빠, 솔직히 말하면 옷은 멋진데 흰머리가 너무 많아서 좀 그래. 아빠가 내 옷 빌려 입고 나왔다고 오해받을 거 같은데? 잘난 아들이 한번 입어 볼까?"

엄마한테서 의심의 불씨가 더 피어오르기 전에 진화에 나서야 했다. 이런 때는 무조건 오버액션을 취하는 게 공식이다. 나는 아빠의 셔츠를 단숨에 낚아챘다.

"어어? 야, 이건 내 거야. 꿈도 꾸지 마라."

아빠는 빛의 속도로 셔츠를 도로 빼앗아 옷걸이에 걸었다. 의외의 격한 반응에 나도 아빠가 이상하다는 생각이 조금 들긴 했다. 하지만 뭐 크게 신경 쓰지는 않았다. 아빠가 준다고 해도 아빠 취향의 그 붉은 셔츠를 내가 입을 리는 없으니까. 돈이라도 얹어 준다면 또 모를까. 그런데 엄마는 여전히 의심의 눈초리를 거두지 못했다.

월요일 저녁, 엄마가 식사 준비로 한창일 때 내 휴대폰으로 전화가 걸려 왔다. 아빠였다. 조금 늦을 것 같으니 우리끼리 먼저 식사하라는 내용이었다.

"어휴, 늦으면 늦는다고 전화를 미리 줄 일이지. 그럼 이렇게 반찬 한다고 서두르지 않았을 거 아냐."

엄마가 불평을 늘어놓았다. 힘들게 식사를 준비했는데 아빠의 귀가가 늦어지는 것. 엄마가 엄청 싫어하는 일 중 하나다. 물론 식사 준비가 안 되었을 때 회식이 있다고 하면 무척 좋아한다. 엄마는 왜 그렇게 밥 차리는 걸 싫어하는지 모르겠다.

"반찬 만드는 게 그렇게 힘들어? 뭐, 몇 가지 있지도 않잖아."

나는 식탁에 앉아 젓가락으로 반찬 그릇을 두드려 댔다.

"야, 먹지 마."

엄마가 내 앞의 반찬 그릇 하나를 확 잡아 뺐다. 그러고는 차례차례 반찬들을 내게서 멀찌감치 옮겼다. 나같이 엄마 노고도 모르는 놈은 반찬 먹을 자격 없다는 말도 잊지 않았다.

"아이, 치사하게 왜 그래? 반찬 줘야 밥 먹지."

"한성우, 너 말이야. 만날 똑같은 공부 하면서 뭐가 힘들다고 나한테 짜증 내니? 기껏해야 공부 몇 년 했어? 초딩

6년, 중딩 3년, 고딩 1년. 합이 10년밖에 더 했어? 그러고도 힘들어하지?"

엄마가 목에 핏대를 세웠다.

"유치원 때도 좀 했잖아, 학습지. 그리고 지금 고딩 2년. 다 합치면 12년이야. 왜 그러셔?"

"야, 나는 19년째 밥한다. 너 공부 오래 해 보니까 어때? 할수록 좋아지던? 밥하는 것도 마찬가지야. 오래 했다고 힘들지 않은 게 아니라고. 오래 해도 절대 좋아지지 않는 게 있어."

엄마 반응을 보니 웬만해서는 저녁밥을 얻어먹기 어려울지도 모르겠다는 생각이 들었다.

"허걱, 진짜야? 엄마가 밥하는 게 내가 공부하는 것만큼 힘들고 싫은 일인 줄 나는 몰랐죠. 그럼 인정. 엄마 19년, 나 12년. 엄마가 갑이에요. 킹왕짱! 자, 이제 반찬 주세요."

나는 엄마에게 아양 떨며 두 손을 벌렸다.

엄마는 마지못해 반찬 그릇들을 내 앞에 내려놓기 시작했다. 내가 이런 푸대접을 견디는 건 엄마 심정을 이해하기 때문이다. 작년에 내가 우리 동네 일반고로 진학하면서 엄마의 기대를 저버리는 배신을 했기 때문에, 가끔씩 솟구치는 엄마의 이런 히스테리는 감수해야만 한다. 정도가 지나치지

않다면 효도 차원에서라도 다 들어 주려고 마음먹었다. 내
겐 그런 의무가 있다.

"얼른 먹어. 다 먹고 반찬은 냉장고에 넣어 놔."

"엄마 어디 가게? 밥 안 먹고?"

"입맛 없어. 한숨 자다가 드라마 볼 때 일어날 거야. 엄마
안 일어나면 깨워라."

엄마는 밥과 국을 내 앞에 놔 주고는 소파에 가서 누웠다.
엄마의 지친 모습을 보니 마음이 짠했다.

내가 엄마의 희망이었던 과학고 진학을 포기하며 엄마에
게 절망을 안겨 준 데에는 두 가지 이유가 있었다. 과학고에
가지 않아도 열심히 공부해서 내가 원하는 대학을 갈 수 있
다는 자신감이 첫 번째 이유였고, 두 번째 이유는, 사실 이
이유가 과학고를 포기하게 한 결정타였는데……. 아빠 때문
이었다. 아빠가 힘들게 사는 것이 싫어서였다.

초등학교 6학년 때부터 중학교 2학년까지 과학고 진학을
목표로 다녔던 학원에 엄마가 들인 돈은 상상을 초월할 정
도였다. 당시 그 액수를 정확히 몰랐던 나는 그저 엄마가 시
키는 대로 비싸고 유명한 학원을 돌아다니면서 과학고 입시
준비를 해 왔다. 내 학원비로 아빠 월급의 절반 가까운 돈이
쓰인다는 사실을 알게 되었을 때 나는 충격에 빠지고 말았

다. 가정 경제의 지축을 무너뜨릴 수도 있는 막대한 비용이나 때문에 빠져나간다는 게 부담스러웠고 무서웠다.

몇 년 전에 산 아파트 대출 원금은커녕 이자 갚기도 버거워하는 엄마를 보지 못했다면 덜 두려웠을 거다. 내 집 장만이 평생의 숙원 사업이었던 엄마가 벼르고 별러 아파트를 사자마자 이상하게도 아파트값이 하루가 다르게 떨어지기 시작했다. 그 사실을 알고 엄마는 한 달을 앓아누웠었다. 결혼해서 16년 만에 처음으로 산 아파트까지 뒤통수를 칠 줄 몰랐다며, 어쩜 이렇게 죽어라 죽어라 하는 팔자가 다 있는지 모르겠다며 엄마는 지치지도 않고 혼잣말을 해 댔다. 은행에서 원금이나 대출 이자를 우리가 손해 본 만큼 깎아 줄 리는 만무했다.

엄마는 아파트를 사서 돈을 벌려 한 사람이 아니다. 그저 2년에 한 번씩 덜컥덜컥 오르는 전셋값 걱정에 지쳤고, 정붙여서 살 만하면 이사 나가야 하는 서러움에 지쳤다. 그래서 전셋값 올려 달라는 집주인 눈치 보지 않고, 이사 다니지 않아도 되는 내 집 한 채를 갖고 싶어 했을 뿐이었다. 공부 잘하는 아들에게 제대로 된 방 하나를 멋지게 꾸며 주고는 눈물까지 흘렸던 엄마였다. 하지만 세상은 엄마의 마음을 몰라도 너무 몰라줬다.

밥을 다 먹고 빈 그릇을 정리하려는데 아빠가 왔다.

"아빠, 늦는다면서?"

"그러는 넌 왜 집에 있냐? 학원 안 갔어?"

아빠가 거실로 들어서며 물었다.

"화, 목 영어 학원만 다녀. 내가 수학이랑 다른 과목은 꽉 잡고 있잖아. 학원 다닐 필요가 전혀 없어. 그래도 늘 전교 1등인데 뭘."

"잘하는 애들 틈에서 잘하는 게 진짜지. 이 후진 동네 학교에서 전교 1등 한다고 서울대 갈 수 있다던?"

엄마가 또다시 울컥했는지 소파에 누운 채 딴죽을 걸었다.

"서울대가 대수야? 잘난 우리 아들이 어딘들 못 가겠어? 공부 잘하는 똑똑한 아들이 이렇게 좋은 줄 미처 몰랐다."

아빠는 내 머리카락을 마구 흐트러뜨리며 껄껄 웃었다. 그 웃음에서 나를 진심으로 자랑스러워하는 아빠 마음이 느껴져 나도 좋았다.

"아빠, 근데 이게 무슨 냄새야?"

아빠한테서 낯선 냄새가 났다.

"냄새? 킁킁, 아, 염색약! 냄새나냐?"

"아빠, 염색했어?"

의외였다. 아빠는 몸에 해로운 것들을 하면서 돈 쓰는 사람들을 가장 어리석다고 여겨 왔다. 담배 피우는 사람, 술 마시는 사람, 고기로 배 채우고 과식하는 사람, 염색약 바르는 사람 등등. 담배도 술도 고기도 먹지 않고 염색은 질색하던 아빠가 변했다. 염색을 했다는 거다.

"확실히 우리 동네가 뭐든 싸. 전체 염색하는 데 3만 원 받더라. 다른 데는 못 줘도 5, 6만 원은 한다던데. 성우야, 아빠 좀 봐 봐. 이제 네 형이라고 해도 사람들이 믿겠지? 그렇지 않냐?"

아빠는 내 앞에서 고개를 푹 숙이더니 자세히 보라며 머리를 들이댔다. 정말 흰머리가 단 한 가닥도 보이지 않았다. 어찌 보면 나보다 더 새까매 보일 정도로 아빠 머리카락은 젊어져 있었다.

"지금 뭘 했다고?"

염색이라는 소리에 엄마가 소파에서 몸을 일으켜 세우며 물었다.

"여보, 나 염색했어. 나도 이젠 젊게 좀 살아야지."

아빠가 머리를 매만지며 웃었다.

"이 사람이 진짜 안 하던 짓만 골라서 하네. 염색은 왜 해?"

엄마가 신경질적으로 물었다.

"언젠 또 너무 늙어 보인다고 같이 다니기 창피하다며? 그래서 진짜 큰맘 먹고 염색한 건데……."

아빠가 말꼬리를 흐렸다.

"그땐 싫다며? 그런 걸 왜 하냐고 하지 않았어? 돈이 썩어나? 당신 거기 손에 든 건 또 뭐야?"

엄마가 화를 내다가 말고 아빠 손에 든 쇼핑백의 정체를 물었다.

"구두 하나 샀어. 신던 게 너무 낡아서 남 보기 그렇더라고. 아웃렛이라는 데가 참 좋은 것 같아. 이것도 진짜 가죽인데 정가 다 주고 사려면 꿈도 못 꾸지. 근데 5만 원이라는 거야."

아빠는 새 구두를 꺼내어 신기 시작했다. 그걸 보는 엄마가 '큭' 하는 소리를 내며 비웃었다. 평상시와 너무 다른 아빠 모습에 엄마는 고개를 절레절레 흔들었다.

"당신 진짜 이상한 거 알아? 아주 많이 이상하다고. 평생 자기 손으로 양말 한 켤레 사 본 적 없는 사람이 알아서 셔츠를 사 오고, 구두를 사 오고, 머리 염색을 해? 이 상황을 나더러 믿으라고? 당신 나한테 뭐 속이는 거 없어?"

엄마의 눈매가 그렇게 날카로워 보이기는 처음이었다. 엄마는 대놓고 묻는 대신 돌려 물었다. 아빠의 이 놀라운 변화의 본질이 무엇이냐고, 아빠가 왜 변해야만 했으며 대체 누가 아빠를 이렇게 변하게 한 거냐고…….

"소, 속이긴 내가 뭘 속여? 당신같이 집요한 사람이 속아 넘어가기는 하고? 왜 괜히 생사람 잡는 거야?"

아빠는 서둘러 구두를 현관 바닥에 내려놓고 안방으로 들어가 버렸다. 그런 모습에 수상쩍다는 생각이 들기 시작했다. 엄마의 의심이 내게 전염되는 것 같았다.

'말도 안 돼. 우리 아빠 같은 소심한 사람이? 설마…… 바람을?'

나는 고개를 흔들며 내 방으로 들어왔다.

그런데 말이다. 길 지나가다가 휙 불어오는 바람이 '나, 바람인데 언제 어디서 어떻게 불어서 너한테 갈 테니까 기대해.' 하면서 예고편 내 주고 오는 법은 없지 않나? 봄바람도 겨울바람도 모든 바람은 계절 속에 섞여 그냥 나타났다가 사라지고, 사라졌다가 되돌아오는 법이다. 바람이 바람일 수 있는 것은 오로지 실체가 흔들릴 때이다. 무엇 하나 흔들리는 것이 없다면, 우리는 그 상황을 보고 바람이 분다 말하지 않는다. 아빠에게 바람이 불어오는 게 맞는 것 같았다. 아빠의 존재가 흔들리는 게 분명했다. 그 흔들림이 어렴풋하게나마 나에게까지 전해져 왔으니까 말이다.

화요일 밤, 영어 학원에서 수업을 마치고 늦게 집으로 돌아오는 길이었다. 배가 너무 고파서 컵라면이라도 하나 먹어야만 할 것 같아 동네 편의점으로 발길을 돌렸다. 가다가 먼발치에서 낯익은 사람을 보았다. 편의점 밖 파라솔 달린 테이블에 앉아 있는 사람은 아빠였다. 캔 맥주 하나를 테이블 위에 올려놓고 마시면서 담배를 피웠다. 내가 아는 아빠가 맞나 싶었다. 술, 담배, 염색. 본인이 싫어하던 모든 것을 하게 된 아빠다. 이제 고기 먹고 과식까지 하면 완결판이 된다.

"아빠, 여기서 뭐 해?"

아빠의 어깨를 슬며시 누르며 물었다. 순간, 아빠 어깨가 축 처지더니 몸이 쭉 미끄러졌다.

"어어, 아빠 조심해."

나는 아빠를 붙잡아 간신히 플라스틱 의자에 앉혔다. 다행히 바닥으로 떨어지지는 않았지만, 내가 좀 눌렀다고 그렇게 온몸의 맥이 빠져 버리다니……. 술기운 때문이 아니라, 아빠 몸에는 애초부터 기운이라는 것 자체가 없었던 게 아닐까 싶을 정도였다.

"우리 아들 성우냐? 이 잘난 놈아. 너는 아빠처럼 살지 마라."

아빠는 이미 거나하게 취해 있었다.

"무슨 쓸데없는 소리야. 대체 아빠 요새 왜 이래? 안 마시던 술은 왜 마셔?"

술 마시고 주정하는 아빠가 너무 낯설었다.

"그냥 좀 마셨어. 성우야, 너는 절대 나처럼 살면 안 된다. 약속해라, 어서."

아빠는 혀 꼬부라진 소리로 내게 자꾸만 아빠처럼 살지 말라고 강요했다.

"싫어. 나는 아빠처럼 살 거야. 아빠 같은 순둥이로."

"이놈아, 너는 나보다 수천 배 더 잘났는데 나처럼 살아서 쓰겠냐?"

"왜, 아빠가 뭐 어때서? 하늘 아래 한 점 부끄럼 없는 사람이 우리 아빤데. 안 그래?"

"성우야, 못난 아비가 뒷바라지도 제대로 못해 줘 미안하다. 네가 안 간다고 그래도 아빠가 그때 널 과학고 보냈어야 했는데, 그랬어야 했는데 말이다. 네가 가난한 부모 생각해서 포기한 거 다 안다. 미안해. 정말 미안해."

아빠가 알고 있을 줄 몰랐다. 나는 더 이상 빡빡하게 공부하는 게 싫다고, 과학고에 가서 날마다 치열하게 경쟁하기 싫다고 신경질을 내며 고집을 피웠었다. 과학고에 오만정이다 떨어진 것처럼 굴었는데……. 아빠는 그게 진심이 아니었다는 걸 다 알고 있었나 보다. 말하지 않아도 알 수 있다는 것이 이런 뜻일까?

"내가 얼마나 이기적인 놈인데 엄마, 아빠 생각해서 그랬을 리 있겠어? 잘난 척하는 놈들 사이에서 주눅 들어 가며 공부하기 싫었다고. 나는 나만 잘난 데서 공부하는 게 좋다고. 진짜야."

"근데 성우야, 난 네가 참 고마웠다."

아빠가 맥주를 한 모금 마시며 말했다.

"뭐가 고마워?"

"과학고 포기해 줘서."

"!"

"내가 아무리 발버둥을 치고 생난리를 쳐도 말이지, 내 능력은 딱 거기까지더라. 나 그동안 이 1,800원짜리 캔 맥주가 너무 마시고 싶었다."

"그럼 마시면 되지, 마시고 싶었다는 건 또 뭐야?"

남은 맥주를 단숨에 마시고 빈 캔을 쭈그러뜨리는 아빠를 보며 내가 물었다.

"이 돈마저 아깝더라. 맥주 한 캔 마시고, 담배 한 대 피우는 그런 돈이 너무 피 같은 거야. 그거 한 푼 두 푼 모아서라도 똑똑한 내 아들만큼은 능력 펼칠 수 있게 해 주고 싶었어. 아끼고 또 아꼈지. 근데 안 돼. 나 같은 놈은 부모 자격도 없지. 미안하다, 우리 아들."

내 양 볼을 두 손으로 감싼 아빠의 두 눈에 눈물이 그렁그렁했다. 계속 보고 있으면 나도 눈물이 날 것 같아서 아빠 손을 억지로 떼어 냈다.

"이제 집에 가자. 엄마한테 잔소리 듣겠다."

나는 축 늘어진 아빠를 일으켜 세우고, 아빠 팔을 내 어깨에 걸쳤다. 술 취한 남자 어른은 무거워도 너무 무거웠다.

"야야, 성우야. 저거 들어라."

취해서 몸도 제대로 못 가누면서 아빠는 옆 의자에 놓여 있는 쇼핑백을 가리켰다.

"저건 뭔데? 뭐야? 아빠, 뭐 또 샀어?"

기가 막혔다.

"응, 셔츠 하나 샀어. 예쁘더라."

내 과학고 진학을 위해 마시고 싶은 맥주 한 캔도 못 먹었다는 쓰나미 같은 감동 실화의 여운이 채 가시기도 전이었다. 플라스틱 의자에 떡하니 놓인 구겨진 쇼핑백은 그 존재만으로도 감동을 홀딱 깨기에 충분했다.

'저걸 엄마 몰래 어떻게 집에 가지고 들어가나?'

어쨌든 나는 내 무거운 가방에, 아빠의 취한 몸에, 쇼핑백까지 들고 휘청대며 걸을 수밖에 없었다. 까칠한 내 배 속은 '이 미련한 주인 놈아, 뱃가죽이 등짝에 붙었는데도 치사하게 컵라면 하나 안 넣어 주고 가냐?'고 꾸르륵 소리를 끈질기게 울려 댔다.

"아빠, 엊그제 셔츠 샀잖아. 근데 뭘 또 사? 이거 누가 사 준 거지? 그렇지?"

나라도 아빠의 비밀을 미리 알고 있어야 만약의 사태에 대비할 수 있겠단 생각이 들었다. 아빠가 술도 취했겠다 직접적으로 물으면, 더 직접적으로 솔직하게 얘기해 줄 수도 있겠다 싶어서 나는 과감하게 물었다.

"인마, 세상이 얼마나 야박하고 무서운데 누가 나한테 저런 걸 사 주겠냐? 내가 샀다. 날 위해서 내가 돈 좀 썼어."

'어라? 안 넘어오네. 돌려서 말했어야 했나?'

아빠는 내게 몸을 전적으로 의지하고 있으면서도 내 손에서 쇼핑백을 빼앗기 위해 안간힘을 썼다. 너무 힘이 들었다. 술 취한 사람이 뻗대기까지 하니 아무리 아빠라지만 욕이 나올 지경이었다. 하지만 지금은 살살 달래서 비밀을 불게 할 때이지 아빠를 구박할 때가 아니었다.

"그래, 아빠 말대로 이걸 진짜 아빠가 산 거라면 말이야.

내가 볼 때 아빠는 쇼핑 중독 초기인 거야. 며칠째 날마다 뭘 하나씩 사 오잖아. 그게 쇼퍼홀릭들이 겪는 일반적 증상이라고. 자신의 내적 허무함을 그런 물질적 욕구로 대신하는 거야. 물질에 중독되어야만 세상을 버틸 수 있는 사람들이 바로 쇼퍼홀릭들이야."

힘들어 죽을 맛이었지만 나는 쉬지 않고 떠들어 댔다. 술 취한 아빠에게 이런 말이 무슨 소용 있겠냐만, 그래도 엄마의 지속적인 오해 속에 아빠를 방치해 놓을 수는 없었다. 유도 신문이라도 해서 비밀을 캐내야 한다.

"그래, 그렇구나. 뭔가에 중독되어야만 버틸 수 있는 세상. 그런 세상이구나. 그런 세상에서 나처럼 얼빠진 놈이 살아가는구나. 그래서 이렇게 힘든 거였구나."

아빠는 내 어깨에 침까지 흘려 가며 중얼댔다. 너무 더러웠지만 꾹 참고 살살 꼬드길 수밖에 없었다.

"내가 여태 봐 온 아빠는 쇼퍼홀릭이 될 가능성이 전혀 없는 사람이야. 아빠 주변의 누군가가 아빠한테 흑심을 품고 계속 선물 공세를 하는 거라는 가정이 더 신빙성 있는 진실 같거든. 아빠? 에잇, 자는 거야? 똑바로 좀 서 보라고."

나는 엄마 젖 먹던 힘까지 다 짜내서 아빠를 데려다가 우리 집 거실 바닥에 패대기쳤다. 그와 동시에 엄마의 잔소리가 막힌 하수도 터져 나가듯 끊임없이 이어졌다. 그 틈에 나는 현관문 밖에 놓아두었던 문제의 쇼핑백을 내 점퍼 속에 숨겨 들어올 수 있었다.

어쩌면 아빠가 정말로 쇼핑에 중독됐을지도 모르겠다는 생각이 들었다. 중년 남성들이 자신을 꾸미고 가꾸는 데 차츰 눈을 뜨는 시대니까. 우리 아빠도 그들과 발맞춰 대세를 따르지 못하리라는 법이 없잖은가? 꽃중년은 뭐 남의 아빠들만의 차지여야 하나?

'그래도…… 쇼핑 중독에 빠진 아빠라니…….'

낯선 여자와 바람을 피울지도 모른다는 상상만큼이나, 아니 그보다 더 낯설고 걱정스러웠다. 쇼핑 중독자라면 쇼핑을 한 후에 신나고 즐거워야 하는 거 아닐까? 그런데 우리 아빠는 왜 그렇게 힘들어 보였던 걸까? 편의점 파라솔 아래에서 발견한 아빠의 축 처진 몸이 생각보다 훨씬 무거웠기 때문에 더 걱정이 되었다. 어떤 삶의 무게가 아빠의 몸을 그렇게도 무겁게 만든 것일까?

아빠에게서도 진짜 꽃중년 아저씨들처럼 멋지고 당당하게 자신을 꾸미려는 기미가 보였다면 차라리 좋았겠다.

"그럼 얼마든지 아빠를 응원해 줄 수 있을 텐데……."

다음 날 저녁, 엄마가 외갓집에 가서 나 혼자 라면을 끓여 먹고 있을 때였다. 전화벨이 울렸다. 아빠였다.

"아빠, 그냥 오지 왜 전화했어? 저녁은요? …… 왜 말이 없어?"

"저기, 제가 그쪽 아빠 휴대폰을 주웠는데 말이죠."

"!"

아빠가 아닌 다른 사람 목소리에 가슴이 철렁 내려앉았다. 어떤 상황인지 알아야 했다.

"이거 돌려받고 싶으실 거 같아서요."

전화기 너머의 목소리가 남자 어른 같지는 않았다. 변성기가 시작된 듯했으니까.

"그거 어디에서 주웠는데요?"

"고고 아웃렛 맥도날드에서요."

거짓말은 아니었다. 아빠 회사 근처에 새로 생긴 아웃렛 이름이 고고다. 물건 사러 고고, 미친 듯이 고고. 어쨌든 묻는 말에 주저함 없이 신속하게 대답하니 믿기로 했다. 아빠가 어디서 나쁜 녀석들에게 퍽치기를 당해 휴대폰을 강탈당했을지도 모른다는 불안감은 접어 두었다.

"지금 찾으러 갈게요. 도착해서 아빠 휴대폰으로 제가 다시 전화할게요."

나는 방에서 점퍼를 꺼내 들고 신발을 신으며 말했다. 그때 휴대폰 너머에서 생각지도 못한 얘기가 흘러나왔다.

"근데 말이죠. 그쪽 아빠 스마트폰 상태가 괜찮아서…… 중고로 팔아도 될 거 같긴 해요. 그런데 우리가 그렇게 나쁜 애들은 아니거든요."

나는 어안이 벙벙해져서 한동안 말을 잇지 못했다.

"여보세요? 왜 대답이 없으세요?"

"아, 네. 듣고 있어요. 그래서 어떻게 하길 원하는데요?"

나는 다시 신발을 벗고 내 방으로 들어가 책상 서랍을 열었다. 용돈을 모아 둔 상자를 뒤적여 보았다. 이런 제길, 500원짜리 동전까지 긁어모아도 돈은 겨우 8천 원밖에 안 됐다. 대신 오래전에 선물로 받은 만 원짜리 문화 상품권 다섯 장이 눈에 띄었다. 그거라도 주머니에 쑤셔 넣었다.

"뭐 큰 거 바라지는 않고요. 그냥 생각 좀 해서 챙겨 달라는 거죠."

"알았어요. 가서 얘기하죠."

정확히 30분 뒤에 나는 아빠의 휴대폰을 찾을 수 있었다. 현금은 아니지만, 현금과 매한가지로 통용되는 문화 상품권의 효용성에 대해 나는 일장 연설을 해야만 했다. 아끼느라 쓰지도 않고 모아 두었던 문화 상품권 다섯 장을 그 녀석 손에 든 아빠의 휴대폰과 물물 교환의 형태로 주인을 맞바꿨다. 속이 쓰렸다. 하지만 약정이 한참 남은 휴대폰을 잃어버리고 새 휴대폰을 사야만 하는 최악의 상황은 피했다는 점에서 선방했다고 생각하기로 했다.

아파트 단지에 들어섰을 무렵, 내 눈앞에 펼쳐진 상황을 보기 직전까지는 그렇게라도 스스로를 위로했다. 그런데 저 멀리 휘적휘적 걸어가는 낯익은 사내의 걸음걸이가 눈에 띄었다. 아빠 같았다. 멀리서 봐도 아빠의 한쪽 손에 또 뭔가가 들려 있었다. 부직포 가방에 옷걸이까지 달린 걸로 봐서는 양복이 틀림없었다.

'오 마이 갓. 내가 미친다, 미쳐.'

지금은 엄마가 집으로 돌아왔을 시간이다. 나는 부리나케 뛰어가서 아빠를 붙잡았다. 아빠가 휘청했다.

"아빠, 이리 좀 와 봐."

나는 다짜고짜 아빠를 끌고 단지 내 놀이터로 갔다. 이미 깜깜해진 놀이터에는 아무도 없었다.

"아, 이놈아. 여긴 왜 오냐? 이 나이에도 시소 타자는 거냐? 그래, 간만에 타 보자."

아빠는 허허 웃으며 시소 쪽으로 향했다. 정말 시소를 탈 생각인 것 같았다.

"아빠, 휴대폰 어디 있어?"

나는 화가 나서 버럭 소리를 질렀다. 도대체 어떤 정신으로 살기에 휴대폰까지 잃어버린 채 쇼핑을 하고 돌아다니는지 이해가 되지 않았다. 아빠를 이해하려고 하면 할수록 이해할 수 없는 일들이 생기니까 순간 짜증이 났다. 뺏긴 문화상품권에 그려진 이빨 내놓은 호랑이 그림이 떠올랐다. 아빠한테도 내 이빨 맛을 보여 주고 싶다는 생각이 들었다. 아빠는 새로 산 양복을 내게 맡기고 나서 더듬더듬 주머니를 뒤지기 시작했다.

"성우야, 어쩌냐? 산 지 1년도 채 안 된 걸 잃어버렸나 보다. 나 이제 네 엄마한테 죽었다."

아빠가 울상이 된 얼굴로 말했다.

"대체 쇼핑을 얼마나 정신없이 하고 다니면 이걸 잃어버리고도 몰라?"

나는 주머니에서 휴대폰을 꺼내 아빠에게 내밀었다.

"아니, 이걸 네가 왜 갖고 있냐? 내가 오늘 집에 놔두고 갔던?"

아빠는 뜬금없는 소리까지 했다. 얼이 빠진 거다. 정신이 가출하면 이렇게 되나 보다.

"고고 아웃렛 맥도날드에서 어떤 녀석이 주웠다고 나한테 전화했더라고. 그래서 내가 거기까지 가서 지금 찾아오는 거 잖아. 아빠, 이젠 햄버거도 먹어?"

"그랬구나. 아이고, 우리 아들한테 내가 별별 심부름을 다 시키는구나."

아빠는 되찾은 휴대폰을 쓰다듬다가 내 볼을 쓰다듬다가 좋아서 어쩔 줄 몰라 했다.

"아빠, 양복은 왜 샀어? 그것도 싸서 샀어?"

"그래, 2년 전 양복이라는데 한 벌에 9만 원 하더라. 애들 옷값보다 싸다며 김 대리가 막 사라고 하잖아. 그래서 샀어. 근데 성우야, 쇼핑하면 원래 그렇게 배가 고픈 거냐? 하도 배가 고파서 김 대리랑 햄버거 하나씩 사 먹었는데, 휴대폰 을 거기다 두고 온 줄 몰랐다."

아빠는 그렇게 말하면서 내 손에 든 양복을 도로 가져가 더니 번쩍 들어 보였다. 그런 아빠 얼굴이 너무 슬퍼 보였다.

"아빠, 무슨 일 있지? 있으면 나한테 말해. 아빠가 이렇게 대책 없이 쇼핑이나 하고 돌아다닐 사람이 아니잖아. 말해 봐, 어서."

나는 아빠를 채근하기 시작했다. 아빠 혼자 고민하는 모 습을 보는 게 싫었다. 무슨 고민이 아빠를 쇼핑 중독으로 내 몰고 있는지 알고 싶었다.

"성우야, 아빠 회사에서 부서 바꿔야 된다."

아빠가 양복을 시소 위에 올려놓으며 말했다.

"그게 뭔 말이야? 이제 와서 뭘 바꿔. 재무부장이 재무부 안 지키면 어딜 지켜?"

나는 아빠 뒤를 따라가며 물었다.

"영업부에 힘 좀 보태란다. 아빠 이젠 부장도 아니야. 그 냥 영업부 사원이지."

"뭐? 영업부?"

나는 너무 놀라 우뚝 멈춰 섰다.

"그래서 옷 좀 샀어. 영업하려면 깔끔해야 돼서. 대신 싼 거만 샀다."

아빠는 그렇게 말하면서 한쪽 시소에 걸터앉았다. 나를 보며 어서 오라고 손짓했다. 나는 반대편 시소 끝에 걸터앉았다. 그러자 순간 아빠가 휘청대며 번쩍 들렸다. 아기처럼 가볍게 번쩍. 아빠 발이 땅을 벗어나 허공에서 대롱거렸다.

"어이쿠, 이놈아. 살살 올라타야지. 아빠 떨어질 뻔했잖 냐?"

"그러게 누가 나 무시하래? 내가 아기야? 나 어릴 때나 균형 맞춘다고 아빠가 시소 앞부분에 앉았던 거지. 내가 지금 얼마나 무거워졌는데 여태 거길 앉아?"

어릴 적 나는 시소 타기 대장이었다. 숨 넘어갈 듯 울다가도 아빠가 시소 타러 가자고 하면 '내가 언제 운 적 있나요?' 하는 얼굴로 따라나섰다고 한다. 어린 내 눈에 엄청나게 덩치 큰 아빠와 내가 비슷해지는 순간이 있다는 것은 신기한 경험이었다. 시소에 올라탈 때마다, 시소 한쪽 끝에 앉은 어린 나와의 균형을 맞추기 위해 아빠는 시소 반대편에서 끊임없이 엉덩이를 들었다 놨다 하며 자리를 옮겨 다녔다. 그리고 마침내 한 지점에 이르러서 둘의 균형이 자로 잰 듯 딱 들어맞을 때, 우리 둘은 배가 아파 올 때까지 깔깔대며 웃었다. 그때 나는 아빠가 내 아빠가 아니라, 내 친구라고 여겼던 것 같다.

"아빠, 영업부로 발령 나서 옷 산 거라고 엄마한테 말하지 그랬어. 그럼 엄마가 알아서 다 사 줬을 텐데. 우리 엄마가 싸고 좋은 건 또 귀신처럼 고르잖아."

"네 엄마 걱정할까 봐 말 못 했지. 내 성격에 영업이란 게 상식적으로 맞는 얘기냐? 나더러 영업부 가라고 사장이 그러는데, 무섭더라. 20년 넘게 다닌 직장도 이렇게 매몰찬데, 세상 밖에 나가면 어떻게 될까 싶어서. 이제 그만 회사 나가 달라는 말이라는 걸 뻔히 알면서도, 맨몸으로 세상 나가기가 너무 무서워서 영업부 가겠다고 했지. 잘릴 때 잘리더라도 그래도 영업 한번 해 보고, 뭔가 먹고살 대책이라도 마련한 다음 잘려야 하지 않겠냐?"

아빠가 날 보며 씩 웃어 보였다. 시소 옆 가로등은 생각보다 밝았다. 아빠의 미소에 얼마나 숱한 고민의 흔적이 묻어 있는지 다 보여 주고도 남을 만큼.

"아빠, 조금만 버텨. 내가 복수해 줄게."

나는 몸을 뒤로 힘껏 젖혀 아빠 쪽으로 기울어지려는 시소를 끄집어 올렸다. 아빠가 힘을 쓰는 것보다 내가 더 많이 썼다. 그 바람에 아빠는 내가 어렸을 때처럼 공중으로 솟아 올라 있었다. 아빠가 갑자기 아기처럼 작고 여리게 보였다. 내가 지켜 주고 토닥여 줘야 할 존재같이 여겨졌다.

"이놈아, 네가 무슨 복수냐?"

"내가 열심히 돈 모아서 제일 먼저 뭐 할지 알아?"

"몰라."

"아빠네 회사 사 버릴 거야."

"야, 우리 회사가 중소기업이긴 해도 사려면 얼마나 돈이 많아야 되는지 알기나 하냐?"

아빠가 허허 웃으며 말했다.

"그런 건 알 필요도 없지. 내가 이다음에 돈 많이 벌면 그 딴 회사쯤은 껌 사듯 살 수 있을 테니까. 내가 능력자인 걸 아빠가 모르는구나?”

나는 뒤로 젖힌 몸에 있는 힘을 다 넣어 버텼다. 아빠는 여전히 허공에 발을 띄운 채 아기처럼 즐거워했다.

“하하하, 우리 성우한테 아빠네 회사가 껌값이구나. 그래 좋다. 잘난 내 아들이 껌값에 사 준다는 회산데, 두려울 게 뭐 있겠냐? 까짓것 영업이 별거겠어?”

“까짓것 세상에 별거 아무것도 없어. 두려워하지 마, 아빠. 내가 있잖아.”

나는 서서히 몸의 힘을 빼서 아빠와 균형을 맞췄다. 어릴 때 나는 늘 제자리에서 움직이지 않았다. 날 위해 바쁘게 끊임없이 움직여 준 사람은 아빠였다. 그리고 균형을 맞춰서 내게 한없는 기쁨을 준 사람도 아빠였다. 이제 난 그때 내가 느꼈던 그 기쁨을 아빠에게도 선사하고 싶다. 내가 더 부지런히 몸을 움직여 아빠의 무게에 나를 맞추고 싶은 거다. 아빠가 나를 아들로서뿐만 아니라, 친구로 생각할 수 있게 말이다.

“성우야, 나는 세상이 참 무섭다고만 생각했는데 아니었나 봐. 살면 살 만한 게 세상인 것 같아. 내 휴대폰 찾아 주는 사람도 있잖니. 요새는 그거 주워서 파는 녀석들도 많고, 돌려준다는 핑계로 돈 달라고 하는 녀석들도 있다더라. 우린

운이 좋았어."

아빠는 허허 웃으며 나와 쿵더쿵쿵더쿵 시소 타기를 했다.

아빠를 보자마자 문화 상품권 빼앗긴 얘기가 튀어나올 뻔
했지만 꾹 참은 게 얼마나 잘한 일인지 모르겠다. 세상이 무
섭다는 아빠에게 자꾸만 세상의 무서운 면만을 애써 보여
줄 필요는 없다. 아빠는 지금 힘들고 지쳐 있다. 지친 아빠에
게 그래도 세상은 살면 살 만하다는 걸 보여 주고 싶다. 아
빠 마음속에서 세상에 대한 균형 감각이 얼추 맞춰질 때까
지, 당분간 두려운 얘기는 나만 알고 있을 거다.

그녀에게
이중생활을 권함

"사람의 심리만 잘 이용하면 다 진 게임도 이길 수 있거든
요. 두고 보세요."

며칠 전 편의점 알바 면접에서 지윤이 했던 말이다.

과연 지윤의 말이 맞았다. 명문대 휴학생인 지윤은 형의
여친이라는 말이 믿기지 않을 정도로 당찼고, 똑똑했고, 예
쁜 데다 수완까지 좋았다. 지윤이 편의점에 출근한 지 몇 주
만에 매출의 5퍼센트가 오른 것만 봐도 알 수 있다. 거의 1년
가까이 하향 곡선을 그리던 편의점 매출이 자다가 봉창 두
드리듯 얼떨결에 반등해 버리자 편의점 사장인 아빠는 지윤
을 장래의 큰며느릿감으로 점찍었다. 형 서진도 지윤을 자
신의 장래 아냇감으로 점찍은 듯한 인상이었다. 교진 역시

지윤을 보며 점을 찍긴 찍었다. 장래의 형수로서……가 아니라, 자신의 여친으로서 말이다.

'나, 진짜 돌았나? 미친 새끼가?'

교진은 편의점 구석구석을 광이 나게 닦는 지윤의 뒷모습을 흘끔거리며 속으로 생각했다.

'미친 새끼는 무슨. 지들 둘이 결혼을 했어? 마음에 드는 여자가 생겼는데 형제간이라고 봐주는 게 어딨어? 형이라고 봐줘야 돼? 형도 형 같아야 봐주든가 말든가 하지.'

교진은 카운터에 앉은 채 막대 사탕을 빨아 먹으며 자기합리화에 열을 올렸다. 어떻게 하면 지윤을 꼬셔서 넘어오게 할지가 요즘 교진의 유일한 관심사다. 지윤이 자신을 만나기 전 서진을 먼저 만난 건 지상 최대의 불행이었으나, 서진이 지방대생인 덕분에 평일엔 편의점에서 지윤과 단둘이 있을 수 있으니 이 점만큼은 불행 중에 피어난 행운이 맞았다. 틈새 공격이 가능한 이 기회를 놓칠 교진이 아니었다.

손님이 없는 시간에도 지윤의 손에는 항상 대걸레나 물걸레가 껌처럼 들러붙어 있어서 눈을 마주 보며 얘기할 짬이라고는 없었다. 무늬만 알바인 사장 아들 교진이 휴대폰을 만지작대며 놀고 있을 때도 지윤은 일만 했다. 꾀를 부리거나 요령 따위는 모르는 모범생이라더니 역시나였다.

"아, 진짜. 무슨 청소를 그렇게 겁나 열심히 하나 몰라."

보다 못한 교진이 지윤의 눈치를 살피며 말을 걸어 보려 했지만 지윤은 대꾸도 없이 걸레질을 계속했다.

"어떻게 사람이 말 한마디를 안 하고 일만 하냐? 안 답답한가? 남들은 수다 떨면서 좀 쉬기도 하고 그러던데……."

지윤은 시답잖은 교진의 말은 들은 척도 하지 않고 여전히 일만 했다. 걸레를 들고 있지 않은 시간에도 지윤은 진열대 정리와 상품 배치 등의 일로 정신이 없었다. 교진은 지윤을 지켜보면서 말 걸 타이밍을 찾았다.

"이렇게 죽자고 돈 벌어 뭐 하려고 그래? 어쨌든 쓰지도 않고 모을 게 뻔하니까 금세 부자는 되겠지, 뭐."

지윤이 대답 한 번을 안 하니 대놓고 물어볼 수도 없어서 교진은 질문도 아니고, 혼잣말도 아닌 말만 뇌까렸다.

"부자 같은 소리 한다."

지윤이 처음으로 입을 뗐다.

"어휴, 귀는 뚫렸나 보다. 하도 대답이 없어서 귀먹은 줄."

교진은 지윤과 대화의 물꼬가 트인 것 같은 생각에 절로 웃음이 났다.

"부자는 뭐 아무나 되냐? 돈 벌어서 한 푼도 안 쓰고 모으는 게 가능한 일인 줄 알아? 생활비로도 써야지, 등록금 대출 받은 것도 갚아야지, 또 동생…… 아니다."

말을 끊는 지윤의 표정이 어두워졌다.

"왜 말을 하다 마냐?"

교진이 지윤의 얼굴을 요리조리 뜯어보며 물었다.

"야, 너! 내가 지금까지 왜 네 말 씹은 줄 알아?"

"헐, 내 말 일부러 씹은 거임? 아, 완전 개황당. 개어이없네."

교진은 지윤과 말을 섞는 게 좋아 죽겠으면서도 겉으로는 기분 나쁜 척하느라 용을 썼다.

"야, 나야말로 개짜증이거든? 나보다 두 살이나 어리면서 너는 말투가 너무 싸가지 없어. 그래도 내가 누난데 존댓말 좀 써 주지?"

지윤은 하던 일을 계속하며 말을 했지만 정말로 기분이 나쁜 것 같지는 않았다.

"내가 학교 선생 빼고는 사람들한테 존댓말을 써 본 적이 없어서 말이지, 히히."

교진은 좀 친하다 싶은 어른들에게는 언제나 말을 놓는 버릇이 있었다. 존댓말을 하면 이상하게 거리감이 느껴지는 것 같았기 때문이다. 그래서 늘 버릇없는 놈이라는 소리를 듣고 살았지만 그래도 좋았다. 정 없는 놈, 치사한 놈, 못된 놈 소리를 들은 적은 한 번도 없었으니까. 여하튼 지윤과는 더 가까워지지 못해 안달이 날 지경인데 존댓말이라니. 죽으면 죽었지 존댓말을 할 생각 같은 건 전혀 없었다.

"좀 매너 있게 굴어야 여친이 좋아하지 않겠니?"

"여친 그런 거 만들어 본 적도 없는데, 난."

교진은 입술에 침을 있는 대로 묻혀 가며 거짓말을 해 댔다. 지윤이 또다시 대꾸도 하지 않자, 교진은 어떤 식으로든 대화를 이어 나가고 싶다는 생각에 아무 말이나 막 던지기로 결심했다.

"지방대 다니는 우리 형은 등록금에 용돈에 오피스텔, 자동차, 명품 옷까지 제공받는데. 누구는 명문대 다니면서도 편의점 알바나 하고. 세상 참 불공평하네. 이건 정말 말이 안 돼."

교진은 지윤을 위로하는 한편 서진의 험담을 곁들이는 센스도 잊지 않았다.

"빌 게이츠처럼 다 가진 사람도 세상은 원래 불공평한 거라 그랬어. 그러니까 불공평한 걸 불평할 생각 하지 말고 각자가 서 있는 그 자리에서 지금 당장 뭔가를 시작해야 하는 거야. 더 늦기 전에 말이야."

말 한마디를 해도 똑 부러지게 하는 지윤이었다. 잘난 그녀가 서진의 여친으로 낙인찍히는 일 같은 건 결코 일어나지 말아야 한다고 교진은 생각했다.

"근데 넌 고2가 공부 안 하고 가게에서 빈둥거려도 돼? 너, 대포야? 대학 포기했어?"

"우아, 웬일? 무슨 그런 말을 대놓고 막 하냐? 상처 입게. 같은 의미라도 돌려서 말하면 좀 좋아? 그 뭐야, 다른 적성 찾기. 그래, 그거 딱 좋다."

"말은 잘한다. 그래서 다른 적성은 찾았어?"

"그럼. 내 적성은 장사야. 엄마도 우리 집안에서 대학 간 사람은 형 하나면 족하다고 하고. 요즘 대학 나와서 뭐 취직이나 제대로 되나? 울 엄마도 나한테 그냥 머리 쓰지 말고 가게나 물려받아서 평생 편히 먹고살라고 하니까. 엄마 말 들어야지, 뭐."

"가게? 아무리 봐도 여기 편의점 매출로는 편히 먹고사는 건 둘째 치고 서진이 씀씀이 감당도 안 되겠는데?"

진열대의 투 플러스 원 과자들을 정리하면서 지윤이 말했다.

"당연하지. 요새 편의점 해서 무슨 큰돈을 벌어? 여긴 그냥 예전부터 하던 거라 아버지가 엄마 눈 피해서 노는 놀이터인 셈이지. 아 참, 근데 형이 말 안 했어? 우리 엄마 떡볶이 가게 한다고?"

"아니, 난 처음 듣는데?"

"쳇, 스타일 구길까 봐 얘기 안 했네."

서진은 어렸을 때부터 그랬다. 친구들한테도 엄마를 모르는 아줌마라고 둘러댈 정도로 창피해했다. 서진의 관점에서 엄마는 뚱뚱했고, 무식했고, 억척스러웠다. 서진이 엄마를 인정할 때는 돈이 필요할 때뿐이었다. 서진한테 엄마는 틀면 물 나오는 수도꼭지나 마찬가지였다. 물 대신 돈이 철철 나오니 돈 꼭지다. 엄마를 돈 꼭지로 여기는 싸가지 없는 서진이나, 서진의 여친을 넘보는 개념 없는 교진이나 오십 보 백 보였다. 그랬기에 교진이 양심의 가책 따윌 느낄 이유는 없었다. 서진의 반쪽 난 싸가지를 보며 교진은 오히려 '땡큐'를 외쳤다.

"있잖아. 우리 떡볶이 가게가 할머니 때부터 있었던 거니까 30년이 넘은 거거든. 보통 떡볶이 집이라고 하면 우습게 보는데, 프랜차이즈 떡볶이 집? 우리 떡볶이 맛에 갖다 댈게 못 돼. 우린 차원이 달라. 지방에서 단체로 버스 타고 오기도 하고 중국, 일본 관광객들까지 맛집 투어 한다고 찾아온다니까. 줄을 몇십 분씩 서서 기다렸다가 먹는다면 말 다 했지, 뭐. 발레파킹해 주는 아저씨들만 셋이야. 주차장으로는 부족해서 골목 주차랑 대로변 주차까지 기술적으로 해야 되거든. 주말에 밀려드는 사람들 보면 겁나."

"진짜? 장사 엄청 잘되나 보다. 네 형, 돈 물 쓰듯 쓰거든. 아까운 줄도 모르고."

"장사 잘되지. 우리 엄마가 떡볶이 재벌이라니까. 우리 집 같은 떡볶이 가게가 알짜야. 일단 요리 과정이 복잡할 게 없고 값이 싸거든. 서민들 가벼운 주머니 사정에 딱 어울리는 가장 한국적인 음식이 떡볶이잖아. 테이블 회전율은 또 얼마나 좋은 줄 알아? 식당이 잘되려면 손님들이 금방 먹고 후딱 사라져 줘야 되거든. 그래야 다음 손님이 들어오고 그게 바로 매출로 직결되고."

교진은 침을 튀겨 가며 열성적으로 말했다.

"어쭈? 네가 장사에 대해서 뭔가 좀 아는 모양이다."

"좀이 아니라 아주 많이 알아. 괜히 폼 잡는답시고 포화 상태인 카페를 동네에 차리면 어쩌자는 거야? 동네 백수들이 노트북 하나씩 갖고 와서 3,500원짜리 아메리카노 한 잔으로 하루 종일 죽 때리고 앉아 돌아갈 생각들을 안 해. 망하는 지름길이지. 사업은 그렇게 하는 게 아니야. 우리 엄마처럼 해야 돼. 근데도 형은 떡볶이 판 돈으로 지 하고 싶은 대로 다 하고 살면서 엄마를 부끄럽게 생각하니까 나쁜 놈인 거지."

교진은 열변을 토해 냈다. 남의 눈 의식해서 폼이나 잡으려고 실속을 포기할 만큼 교진은 멍청하지 않았다. 성적은 바닥을 박박 기었지만 엄마 어깨너머로 배운 장사 수완과 안목만큼은 또래 중 최고라 자부하고 있었다. 그런 교진이었기에 지윤의 탁월함을 한눈에 알아봤는지도 모른다.

"떡볶이 가게가 뭐가 부끄러운 거니? 무슨 업종이든 열심히 일해서 일한 만큼 노동의 대가를 받으면 좋은 거지. 근데 재벌, 재벌 많이 들어 봤지만 떡볶이 재벌은 처음 들어 본다."

지윤은 고개를 갸웃거리며 입술을 동그랗게 오므렸는데, 그 모습이 교진의 눈에는 기막힐 정도로 예쁘게 보였다.

"이러니까 내가 좋아하는 거지."

"뜬금없이. 뭘 좋아하는데?"

"서지윤."

지윤의 물음에 교진은 손가락으로 지윤을 가리키며 말했다.

"서지윤? 이 싸가지. 아예 그냥 친구 하자 이거니? 좋게 말할 때 누나라고 불러라."

"헐. 누나? 그건 아니다. 차라리 아줌마라고 불러 줄까?"

교진은 지윤을 누나라고 부르기 싫었다. 누나라고 부르는 순간 남녀 관계로의 발전은 물 건너가게 될 것만 같았다. 호칭부터 그렇게 정떨어지게 부르고 싶진 않았다.

"아, 이게 진짜. 꽃청춘한테 아줌마가 뭐냐?"

지윤이 어이없다는 듯 교진을 흘겨보며 투덜댔다.

"어쨌든 난 서지윤이 괜찮은 사람이라는 거 첫눈에 딱 알아봤잖아. 지성과 미모와 인격까지 겸비한 서지윤 같은 사람은 착한 남자 만나서 행복하게 잘살아야 한다니까. 부자 만나서 손에 물 한 방울 안 묻히고 살 자격 충분해."

"고맙다. 말이라도 그렇게 해 주니."

지윤은 투 플러스 원 과자 옆에 미리 진열되어 있는 값비싼 사탕과 초콜릿을 서너 개씩 덜어 내며 피식 웃었다.

"여기서 한마디 더 거들면, 우리 형은 착한 남자도 아니고 부자가 될 확률도 아주 적다는 거야."

"야, 너는 왜 말끝마다 네 형을 들먹이냐? 너희 둘이 친형제 맞아? 왜 그리 형을 씹어 대?"

"씹긴 누가 씹었다고 그래? 친형 맞아. 다만 이중적 태도를 보여서 싫은 거지. 근데 그 사탕이랑 초콜릿 다 살 거야? 왜 자꾸 꺼내?"

지윤을 도와 진열대에서 사탕과 초콜릿을 빼내던 교진의 손끝이 지윤의 손등에 닿았다. 계획적 접근이었지만 교진은 화들짝 놀라서 손을 잽싸게 거둬들였다.

'완전 통했다. 아, 살 떨려.'

여자애들이랑 키스 단계까지는 종종 가 봤지만 손끝만 닿고도 온몸에 전율이 흐른 적은 처음이었다. 손끝만 닿아도 떨리는데 그 이상을 하면 어떻게 될까. 교진은 생각만으로도 얼굴이 화끈 달아올랐다.

"얘는? 내가 이걸 왜 사겠니? 이게 바로 전략이라는 거야. 사람들이 할인 마트 안 가고 편의점에 올 때는 제품 가격 그대로 돈을 내야 한다는 걸 알면서도 오는 거거든. 그런데 과자 두 개 사면 한 개를 덤으로 준다는 투 플러스 원 제품을 보면 혹하게 되지. 그 물건이 필요한 사람이라면 한 개 살 거 차라리 두 개 살 가능성이 크다고. 세 개를 두 개 가격에 사는데 그걸 안 사겠어?"

"아아, 그렇지. 공짜로 더 준다는데 당연히 사겠지."

교진은 자신의 마음이 들키기라도 할까 봐 달아오른 얼굴에 손바닥을 대며 열을 식혔다.

"그때 진열대 옆에 값나가는 사탕이랑 초콜릿을 꽉 채워 놓기보다 몇 개씩 빼 놓으면, 사람 심리라는 게 그래. '어, 이게 맛있나? 꽤 많이 팔렸잖아. 몇 개 안 남았네. 나도 한번 사볼까?' 이러기 쉽다고. 그래서 미끼 상품 옆에 비싼 상품을 놓고 개수를 비워 두는 거야."

지윤의 말이 끝나자마자 교진이 휘파람을 불어 대며 박수 쳤다.

"키야. 진짜 명문대생은 확실히 달라. 사람의 심리를 상품 배치에까지 이용하다니. 그럼 이참에 아예 진열대 확 엎어서 물건 다시 놓을까? 분위기 전환 겸 매출도 오르게 이리저리 바꿔 봐야겠다."

기분이 들뜬 교진은 두 손으로 진열대 한 칸의 과자 봉지 수십 개를 몽땅 밀어 바닥으로 떨어뜨렸다.

"어머머, 얘 미쳤나 봐. 이게 무슨 짓이니?"

지윤은 바닥에 쭈그려 앉아 과자 봉지를 주워 제자리에 올리느라 정신이 없었다.

"아, 그냥 둬. 분위기 좀 바꾸자고. 과자는 뭐 맨날 이쪽 코너에만 놔두라는 법 있어? 변화가 없잖아, 변화가. 오늘은 저쪽에, 다음 주엔 맞은편에. 이리저리 바꾸면 가게 분위기도 바뀌고 좋잖아?"

딱.

지윤이 교진의 뒤통수를 제대로 한 방 먹였다. 교진의 두 눈이 밥공기만큼 커졌다. 교진의 입에서 옅은 웃음소리가 새어 나왔다.

'큭큭, 신체 접촉 두 번째. 손등에 이어 머리통까지.'

얌전한 지윤이 이렇게 과격한 행동을 할 줄 몰랐지만 교진은 기분이 좋았다. 어찌 됐건 스킨십이니까.

"야! 편의점에 온 손님이 이리저리 과자 찾아 술래잡기해야 되겠어? 찾는 물건 제자리에 없으면 짜증 안 나? 너는 뜨내기손님만 손님이고, 단골 관리는 안 하냐? 사람은 누구나 현상 유지 편향이라는 게 있어. 도서관에서도 자기가 앉던 자리에 늘 가서 앉게 되는 게 사람 심리야. 지정 좌석제가 아니라도 말이지. 익숙한 것에 길들여진 사람한테 잦은 변화는 열 받는 일이란 말이야."

"익숙한 것에 길들여지는 것도 좋은데, 그럼 인생 너무 재미없잖아. 인생의 키포인트는 변화야. 내 가게에 있는 물건 진열은 내 마음대로 하겠다는데 지들이 뭐라고 짜증을 내? 짜증 나서 못 찾겠으면 딴 데 가라고 해."

"이게 네 가게니? 너네 아빠 거지? 너, 한 대 더 맞을래?"

지윤이 손을 들어 교진의 머리통을 치려는 순간, 교진은 재빨리 지윤의 손목을 낚아챘다.

"야, 이거 안 놔?"

"있잖아. 내가 맞기 싫어서 이러는 게 아니라 발전을 하려면 새로운 시도를 해야 한다는 거야."

"너한테는 새로운 시도라는 게 물건 뒤죽박죽 섞어 놓는 거냐?"

"아니. 물건은 그냥 놔둘게. 대신……."

"대신 뭐?"

"나랑……."

"?"

"나랑 사귀는 거 어때?"

교진은 지윤의 손목을 자신의 가슴 쪽으로 확 끌어당기며 물었다. 놀란 지윤이 교진에게 잡힌 손목을 비틀어 빼내려고 용을 썼다.

"내, 내가 지금 무슨 미친 소리를 들은 거니? 아니면 잘못 들은 거니?"

"잘 들은 거 맞고, 미친 소리도 아니고. 그러니까 형 몰래 나랑 만나자고."

지윤은 억지로 몸을 빼다가 바닥에 널린 과자 봉지 더미 위로 자빠져 버렸다. 봉지 몇 개가 퍽 소리를 내며 터졌다.

"야! 나더러 지금 양다리를 걸치라 이거니? 그것도 친형제 사이에서?"

"양다리? 명문대생 입에서 그런 저렴한 표현도 나오고. 그런 말 하지 마. 차라리…… 그래, 맞다. 그거야. 이중생활. 인간은 누구나 이중적이잖아. 한 가지 모습으로만 살 수는 없다고. 우리 형 봐. 엄마한테 돈 받을 때만 아들이야. 보통 때는 남보다도 못해. 그러니까 형 만나고 싶으면 만나. 근데 나도 좀 만나 보라 이거지. 사실 우리 형 만난 지 한 달도 안 됐다면서."

교진은 터진 과자 봉지 위에 주저앉은 지윤에게 손을 내밀었다. 순간 지윤이 자리를 박차고 일어섰다.

"이거 미친 또라이 새끼 아냐?"

그런 다음 지윤은 자신의 머리로 교진의 얼굴을 정확히 가격했다.

"아얏!"

그때 편의점 문이 열렸다.

"별일 없지. 손님은 많았냐?"

거나하게 취한 아빠가 들어오며 물었다. 갑작스러운 아빠의 방문에 지윤은 사색이 되었다. 터진 과자 봉지들로 가게 꼴이 말이 아니었다.

"이게 무슨 일이냐? 누가 이랬냐?"

아빠가 지윤을 다그치며 물었다.

지윤은 바닥에 쭈그려 앉아 맨손으로 부서진 과자들을 쓸어 담았다. 그 모습을 본 교진이 지윤을 말리며 대신 치우기 시작했다. 그때 바닥으로 한 방울 두 방울 뚝뚝 떨어지는 액체. 코피였다. 당황한 교진은 고개를 바짝 치켜들었다.

"교진아, 너 싸웠냐? 쌍코피 난다, 이놈아."

아빠의 말에 교진을 바라본 지윤은 기겁을 했다. 아빠는 카운터로 달려가 휴지를 가져와서는 교진의 콧구멍을 틀어막았다.

"아, 됐어요. 제가 할게요."

교진은 휴지를 말아 차례차례 콧구멍 속으로 끼워 넣었다. 휴지가 너무 크게 말렸는지 양쪽 콧구멍이 찢어질 듯 아파왔다. 사내놈들끼리 죽자 살자 싸워도 여간해선 나지 않던 쌍코피가 지윤의 단 한 번 공격에 터져 버리다니.

'역시 잘난 여자야.'

교진에게 지윤은 무슨 짓을 해도 다 용서되는 아름다운 그녀였다.

"혹시 도둑 들었었냐, 지윤아?"

술에 취한 아빠는 집요하게 묻고 또 물었다. 지윤은 곤란해하며 안절부절못했다.

"아빠, 그게 아니라, 어떤 술 취한 놈이 들어와서 행패를 부리더라고. 그래서 나랑 한판 했지. 지윤이는, 아니 누나는 모르는 일이니까 자꾸 묻지 마. 밤 11시도 안 됐는데 술이 떡이 돼서. 에잇, 정신 나간 놈 같으니라고. 술 처먹었으면 곱게 지네 집구석으로나 갈 일이지."

교진의 말에 제 발이 저린 아빠는 안 취한 척 고개를 흔들며 술기운을 털어 내려 애썼다. 막내아들을 쌍코피 낸 정신 나간 취객 놈하고 동급으로 분류되긴 싫은 모양이었다.

"야, 얼른 집에 가자. 조금 있으면 교대해 줄 정태 올 테니까. 지윤이 너도 조심해서 집에 가야 한다. 엉? 알았지?"

아빠는 교진을 채근하며 문 쪽으로 향했다. 그 틈에 교진은 지윤에게 다가가 귓속말을 했다.

"나, 쌍코피 난 걸로 발목 잡을 치사한 놈 아니긴 한데. 이왕 피 본 김에, 현기증 엄청 나는 김에 한 번 더 얘기하고 갈게. 나 어때?"

"너, 진짜……."

"딱 며칠만 사귀고 아니다 싶으면 말해. 그땐 깨끗이 포기할게. 세상에 반이 남자야. 벌써부터 한 남자한테 매일 필요 없다는 생각 안 들어? 나 갈게. 근데 콧구멍 되게 아프다."

지윤은 교진이 나간 후에도 한동안 출입문을 바라보며 그대로 서 있었다.

이튿날 교진이 편의점에 다시 나타났을 때는 오후 2시가 조금 넘어서였다. 지윤이 출근하는 걸 어디선가 숨어서 지켜보다가 들어온 것만 같았다.

"넌 이제 수업 땡땡이까지 치니?"

"아니, 중간고사 기간이라서 빨리 끝난 건데."

"뭐? 그럼 집에서 시험공부 해야지, 여길 오면 어떡하니?"

"공부해도 어차피 성적은 바닥이야. 그럴 거 뭐 하러 공부해? 난 손해 보는 장사는 절대 안 한다고."

"학생한테 공부하는 게 손해면, 이익이 되는 건 뭘까?"

"음? 연애?"

교진이 검지로 지윤을 가리키며 킬킬댔다.

"미친다, 진짜. 널 어쩌면 좋니?"

지윤은 교진을 미친개쯤으로 취급하며 상대도 하지 않았다. 그래도 교진은 한 공간 안에 지윤과 함께 있다는 사실만으로도 기분이 좋았다. 지윤이 편의점 어느 구석에 있든 교진의 모든 감각은 그곳을 향해 예리하게 뻗쳐 있었다. 물건 정리하는 소리, 걸레질하는 소리, 냉장고 문 여닫는 소리, 바삐 움직이는 발걸음 소리, 옷소매에서 나는 소리까지. 지윤이 내는 소리 하나하나가 교진의 귓속으로 여과 없이 흘러들어갔다.

'어떤 표정일까? 무슨 생각을 할까? 다음에 할 일은 뭘까?

내게 말은 걸어 줄까?'

상대방의 정해지지 않은 생각과 행동, 표정을 하나하나 상상해 본다는 것이 사랑에 막 빠진 시점에서 얼마나 행복한 일이 될 수 있는지 교진은 미처 몰랐다.

갑자기 들어오는 손님들만 아니면 제대로 분위기를 낼 수도 있을 텐데, 교진은 아쉬웠다. 아예 편의점 안으로 손님들이 들어오지 못하도록 문을 잠그고 싶을 정도였다. 다 망해 가던 편의점이 열혈 알바생 지윤 덕분에 기사회생하는 것도 달갑지 않았다. 하지만 완전히 망해 버리기를 바랄 수도 없었다. 그러면 지윤을 볼 수 없을 테니까. 더도 덜도 말고 망하지 않을 만큼만 장사가 됐으면 좋겠다고 생각했다. 돈 좋아하던 교진이 손님을 훼방꾼으로 생각할 정도까지 되었으니, 이건 뭐 지윤에게 빠져도 단단히 빠진 게 틀림없었다.

"피곤할 땐 이걸 마셔 줘야지. 좀 쉬면서 일해."

교진은 믹스커피를 탄 종이컵을 지윤 앞에 내밀었다. 샌드위치와 함께. 지윤은 샌드위치의 날짜부터 확인했다.

"야, 이거 유통 기한 낼모레까지인데. 이걸 나더러 먹으라고 주는 거야?"

지윤은 교진이 준 샌드위치를 제자리에 갖다 놓고는 창고 겸 사무실 안에 있는 작은 냉장고에서 유통 기한이 지난 삼각김밥을 종류별로 꺼내 왔다.

"아, 진짜. 분위기 꽝이네. 그건 내가 먹을 테니까 이거 먹으라고."

교진은 샌드위치를 도로 가져와 지윤의 손에 쥐여 주고 삼각김밥을 빼앗았다.

"나, 빵 싫어해."

지윤은 끝내 샌드위치를 거부하고 교진과 함께 삼각김밥을 먹었다. 유통 기한이 조금 지났다고 못 먹는 게 아니다. 전혀 이상이 없다. 하긴 지윤은 맛이 조금 간 음식들도 여간해선 버리지 않았다. 나물이나 전 같은 경우는 프라이팬에 다시 볶거나 데워서라도 먹었다. 동생들은 그런 지윤을 보며 음식물 쓰레기통이라고 놀렸다. 집에서도 그런데 하물며 밖에 나와서, 그것도 자신이 알바하는 직장에서 값도 치르지 않은 샌드위치를 먹을 지윤이 아니었다.

"남한테 신세 진 적 한 번도 없지?"

"신세를 왜 지냐? 내가 어디가 모자라서?"

"그래도 누가 손 내밀고 도와준다고 하면 모른 척 손잡고 싶었던 적 없었어?"

지윤이 어려운 환경에 있다며 알바비 외에 별도의 인센티브를 두둑이 달라고 아빠에게 부탁하던 서진의 모습이 교진의 눈앞에 어른거렸다.

"세상에 공짜가 어딨냐? 도움 한 번 받았다 쳐. 근데 내가 갚으려고 할 때 그쪽에서 다른 걸 원하면 어떻게 하냐? 모든 사람들의 생각이 나랑 다 똑같지는 않거든. 그게 바로 아무한테나 함부로 신세 질 수 없는 이유야."

"히야. 대단하다, 대단해."

"……."

"그래도 만에 하나 신세 질 일 있으면 다른 사람 말고 나한테 져. 나는 빚진 것 그대로 돌려받을게. 돈을 빚졌으면 돈을 돌려받고, 사랑을 빚졌으면 사랑을 받고. 알겠지?"

딱.

누군가 교진의 뒤통수를 야무지게 내리쳤다.

"뒤지려고, 누구야?"

교진이 눈을 부라리며 돌아봤다. 서진이었다. 목요일 오후 3시. 대전의 학교에 있어야 할 대학생이라는 작자가 교진의 눈앞에 나타난 것이다.

"알긴 뭘 알아? 이 새끼야, 넌 형 여친이랑 농담 따 먹기가 하고 싶냐?"

서진이 한심하다는 듯 교진을 바라보았다.

'아, 짱나. 넌 또 왜 지금 나타나서 지랄이야, 지랄이.'

"생일 축하해, 지윤아."

서진은 들고 있던 커다란 꽃다발을 내밀었다.

"생일이었어?"

교진이 지윤을 바라보며 물었다.

교진은 자신이 지윤에 대해 몰라도 너무 모르고, 형에게 뒤처져도 너무 뒤처졌다는 생각에 괴로웠다. 스타트가 늦어서 전력 질주를 해야 할 판인데 앞서 달리는 놈이 심하게 잘 달린다. 삐끗하는 법 없이 제 페이스대로.

'아, 재수 없어.'

서진이 내민 엄청난 크기의 꽃다발에 짓눌려 버린 교진은 할 말을 잃었다. 여태까지의 자신감은 온데간데없이 자취를 감춰 버렸다.

"너, 미쳤구나? 꽃을 이렇게나 많이 사? 돈이 썩었다, 썩었어."

지윤은 꽃다발과 서진을 번갈아 보며 기막혀했다.

"우리가 만난 지 한 달 되는 날이 네 생일이라서 얼마나 기쁜지 몰라, 지윤아."

'저 새끼. 엄마 생일은 언젠지도 모르면서.'

교진은 속으로 계속 중얼댔다.

"니네 엄마 생일은 챙기면서 나한테 꽃다발 주는 거냐?"

지윤은 교진의 속마음을 꿰뚫기라도 한 듯 못마땅해하며 물었다.

"우리 엄마는 음력 생일로 지내서 매번 양력 날짜가 바뀌는데 그걸 내가 어떻게 아냐?"

"안 바뀐다고 하면 챙길래? 형이 그럴 리가 없잖아. 안 그래?"

"닥쳐, 짜샤."

교진은 삼각김밥 먹은 게 올라오려고 해서 콜라 하나를 따 마시고 꺼억 트림을 했다.

"야, 윤서진. 너 착각하는 거 같아서 다시 한번 분명히 말하는데, 이런 부담스러운 관심은 사절이야. 너랑 나랑은 그냥 친구일 뿐이라고. 온리 프렌드."

지윤은 다가서려는 서진을 두 손으로 막으며 뒤로 물러섰다.

'어어, 뭐야. 혼자 헛물켜는 거였어? 저게 또 엄한 데서 삽질하고 있었네.'

교진은 기쁜 나머지 환호성을 지를 뻔했다. 그러니까 지윤은 서진과는 분명 다른 마음인 것이다. 이제 보니 스타트가 늦었다고 해서 좌절할 때가 아니었다. 심기일전하여 신발 끈 조여 매고 다시 뛰어야 할 때인 거다. 마음속 깊은 곳에서 꼬물꼬물 기어올라 오려던 양심이란 놈에게도 당당해지기로 했다. 교진은 형의 여친을 빼앗으려는 파렴치한 놈이 아닌, 한 여자를 사이에 놓고 형과 맞장을 뜨는 멋지고 다부진 놈이라고 자신을 격려하기로 했다.

"그런 얘기 나가서 하자고. 애들 전부 와 있어. 네 생일 파티 끝내주게 하려고 내가 다 불렀지. 교진아, 지윤이 대신 오늘 알바 잘 해라."

서진은 5만 원짜리 한 장을 꺼내 교진에게 던져 주고는 지윤의 손목을 잡아끌고 문을 나섰다. 때맞춰 밖에서 기다리던 서진의 친구라는 것들까지 합세해서 지윤을 서진의 차에 태우고 순식간에 사라졌다.

"저것들, 대학 간 게 무슨 벼슬도 아니고. 인 서울도 아닌 것들이 돈만 물 쓰듯 쓰고. 빈 대가리들."

교진은 구시렁댔다.

그때 누군가 편의점 문을 열고 들어오는 소리가 났다. 교진은 얼른 문 쪽을 살폈다. 혹시나 지윤이 다시 돌아온 건 아닐까 하고.

"에잇, 또 아줌마네. 뭐 필요한 거 있으세요?"

옷 가게 아줌마다. 저 아줌마는 살 것도 없으면서 수시로 편의점엘 드나든다. 들어왔다가 뭘 사 들고 나간 적은 한 번도 없다. 도대체 왜 오는지 이유를 모르겠다.

"아, 아니. 그냥 와 봤어. 아버지는 어디 가시고 날마다 너만 있니?"

"우리 편의점이 뭐 심심하면 그냥 오는 덴가? 그리고 아줌마가 우리 아빠는 왜 찾는데요?"

서진한테 끌려 나간 지윤이 신경 쓰여서 죽겠는데 요사이 물건도 안 사면서 밥 먹듯이 편의점에 오는 옷 가게 아줌마가 교진은 눈엣가시같이 여겨졌다.

"어휴, 넌 진짜 애가 왜 그렇게 까칠하니? 여기 사장님은 참 마음 좋고 인상 좋으신데."

옷 가게 아줌마가 교진을 보며 툴툴댔다.

"마음 좋고 인상 좋다고 해도 우리 아빠는 절대 물건값 못 깎아 줘요. 여기 가게 물건 전부 다 우리 엄마 거거든요. 아빠 맘대로 깎아 줬다가는 제가 우리 엄마한테 다 일러바칠 거라서요, 헤헤."

교진의 말에 옷 가게 아줌마는 고개를 절레절레 젓고는 밖으로 나가 버렸다.

"우리 엄마 말 틀리는 거 하나도 없어. 가게 주인이 가게를 안 지키고 이리저리 돌아다니는데 장사 참 잘되겠다. 그러니까 옷 가게에 파리만 날리지. 쳇."

교진은 괜스레 옷 가게 아줌마의 트집까지 잡다가 문득 카운터 위에 서진이 두고 간 5만 원을 바라보았다.

시간당 최저 임금 6,470원. 그 돈을 벌기 위해 하루 종일 다람쥐 쳇바퀴 돌듯 편의점 안을 종횡무진 하는 지윤은 어째서 서진에게 넘어가지 않았을까? 돈만 많을 뿐 개념은 전무한 서진을 못 이기는 척 남친으로 붙잡고 있으면 여러모로 편리했을 텐데. 지윤은 왜 쉬운 길을 두고 힘든 길로 돌아가는 걸까? 교진의 머릿속은 온통 지윤의 생각으로 가득 찼다. 지윤의 도도함과 꼿꼿함은 하루아침에 급조된 것이 아니다. 태생이 그러한 것이다. 지윤을 생각하자 미소가 지어지면서도 마음 한 귀퉁이가 저려 왔다. 엄마 이외에 다른 사람을 생각하며 마음이 아프기는 태어나 처음이었다.

'어떡하냐? 나, 진짜 푹 빠졌나 보다.'

집에 온 뒤로 내내 교진은 마음을 졸였다. 시험공부를 할 생각은 없었지만 본의 아니게 책을 펼친 책상에 앉아 있었다. 시계를 들여다보며 시간을 확인하는 게 지겨워지면 건성으로 책장을 넘겼다. 서진이 올 때까지는 불안한 마음을 감출 수가 없었다. 서진이 와야만 지윤 역시 무사히 집으로 갔다고 안심할 수 있을 테니까 말이다. 밤 12시가 넘어서야 서진은 집에 도착했다.

'잘 데려다줬겠지. 나도 자야겠다.'

교진이 책상 정리를 하는데 방문이 벌컥 열리며 술에 취한 서진이 들어왔다.

"야, 공부하는 척 구라 치지 마라. 내가 보면 모르냐? 너 같은 놈이 공부한다고 뭐가 되기나 할 것 같아? 그냥 놀아. 생긴 대로 마구 놀라고."

서진은 옷도 벗지 않은 채 교진의 침대 위로 몸을 던졌다.

"말 되게 재수 없게 하네. 대학은 뭐 너만 가는 거냐?"

"당연하지. 나나 되니까 가는 거지. 너 같은 머리로는······ 크크크, 불가능이네요."

서진은 이불을 돌돌 말아 다리 사이에 끼우며 혀 꼬부라진 소리를 해 댔다.

"아이, 더럽게 씻지도 않고 뭐 하는 거야? 네 방 가서 자. 왜 남의 방에 들어와서 행패야?"

"행패라니? 남이라니? 내가 너랑 왜 남이냐? 가족이지."

"그럼 가족이라고 치던지. 남보다 못한 가족."

"남보다 못한 가족? 그건 아니지. 대신 남보다 못한 애인은 하나 안다. 서지윤. 나쁜 년."

서진은 취기가 오르는지 겉옷과 양말을 하나씩 벗어 바닥으로 내던지며 씩씩댔다.

"애인은 무슨, 아까 보니까 혼자서 쌩쇼를 하고 있더만. 꿈 깨셔."

교진은 서진의 입에서 나온 나쁜 년 소리가 귀에 거슬렸지만 꾹 참았다.

"돈도 없고 빽도 없는 게 도도하기는. 시건방진 년. 내가 그만큼 잘해 주는 데도 그년이 입술 한 번을 안 주는 거 있지. 줄 듯 말 듯 사람 갖고 노는 것도 아니고. 작정하고 오늘만큼은 키스 한 번 하려고 했는데 글쎄 길거리에서 내 조인트를 까는 거야. 깐 데 또 까고, 깐 데 또 까고. 너 여기 보이냐? 피멍 든 거?"

서진이 누운 채 바지를 걷어 올려 정강이를 보여 주었다. 보랏빛의 멍 자국이 선명하게 보였다. 교진은 입술을 깨물었다. 저 멍 자국을 만들어 내기까지 싫다는 지윤을 억지로 붙잡고 실랑이 벌였을 것을 생각하니 돌아 버릴 것만 같았다.

"보통 골빈 것들은 비싼 가방 하나 안기면 바로바로 알아서 넘어오는데, 서지윤은 안 그래. 똑똑한 년이라서 그런지 사람 애간장을 다 녹이고 나서도 안 넘어오는 거야. 이러니 내가 안 미치고 배겨? 재수 없는 년."

흥분한 서진은 몸을 일으켜 세워 침대 끄트머리에 걸터앉

왔다.

교진의 주먹에 힘이 잔뜩 들어갔다. 여태껏 마음에 안 들어도 형이기 때문에 참고 지냈는데 지윤에 대해 함부로 말하고 욕을 해대는 것까지는 듣고 있을 수가 없었다.

"두고 봐. 내가 한번 날 잡아서 서지윤 그걸 어떻게 하는지."

"어떻게 할 건데?"

"왜, 궁금하냐?"

"그래. 궁금하다."

"내 친구가 그러는데 술에다가 뭘 좀 타서 먹이면 그냥 뻗는다더라. 그다음은 알지?"

서진이 히죽대며 웃었다. 서진의 짐승 같은 웃음이 교진의 가슴을 물어뜯었다. 동시에 참을성도 뜯겨 나가 버렸다. 폭발한 교진은 서진의 왼쪽 볼을 향해 정확히 주먹을 날렸다. 서진은 침대 위로 뻗어 버렸다.

"이런 개만도 못한 새끼. 내가 그렇게 놔둘 거 같아?"

교진의 온몸이 부들부들 떨려 왔다.

교진은 지윤에게 전화를 했다. 받지 않는 전화를 스무 통도 넘게 하다가 결국 문자를 보냈다.

─ 형 때문에 힘들었을 오늘, 깨끗이 잊고 편히 자길. 내일

웃긴 얘기 많이 해 줄게.

휴대폰 화면 위에 뜬 서지윤이라는 이름이 마치 지윤인 양, 교진은 그 이름을 하염없이 손가락으로 쓰다듬었다.

중간고사 마지막 날. 공부를 하지 않았어도 마지막 시험이 주는 해방감은 꽤나 큰 편이었다.

'이 시험만 끝나면 지윤에게 달려갈 수 있다.'

지구과학 시험 시간. 교진은 1학년 때부터 지구과학을 싫어했다. 지구를 구성하는 지표면은 어떻고, 대기권과 수권과 암권은 어떠하며, 궁금하지도 않은 지질 시대의 초기, 중기, 말기를 구분해서 왜 배워야 하는지 납득할 수 없었다. 편의점에 새로 들어오는 품목들 체크하기도 벅찬데 구름의 종류를 외우란다. 뭉게구름, 양떼구름만 있는 줄 알았던 교진에게 고적운, 고층운, 권적운, 적란운 등을 구별해서 일일이 머릿속에 심어 놓으라는 건 고문이나 다름없었다.

2학년 과정은 지구 내부 구조를 파헤치며 시작되었다. 인간들 모두가 지구 표면에 붙어 살고 있어서 그 속으로 파고들어갈 일이 없을 것이 분명한데도, 맨틀과 외핵과 내핵을 배워야 했다. 그것들을 나누는 경계에는 불연속면이 생겼고, 그 불연속면을 발견한 이들은 불행하게도 모두가 달랐으며,

각자의 괴상한 이름을 붙여 불연속면을 지칭했다. 그런 걸 외우는 작업에서부터 지구과학 공부는 시작되었다.

지구가 사람도 아닌데 왜 그렇게 속을 까뒤집어 봐야 하는지 모르겠다고, 필요할 때마다 인터넷으로 검색해 보면 될 일을 왜 굳이 외워야 하는지 그것 역시 모르겠다고 말했다가 지구과학 선생에게 '머리통을 빠개 버릴 놈'이라고 불리며 봉변당한 뒤로 교진은 마음속에서 과목 자체를 폐기해 버렸다. 우리나라 교육은 자신의 생각을 말하는 순간 손가락질당하고 조롱당하는 구조로 이루어져 있다. 정말 궁금해서 묻고, 진짜 이해가 안 되어서 물어도 선생에게서 돌아오는 답변은 하나뿐이었다.

"대가리 나쁜 놈들은 죽어라 외워. 그게 정답이다."

그저 교과서에 나온 대로, 참고서를 달달 외운 선생이 시키는 대로 똑같이 따라 외우기만 하면 훌륭한 학생이라는 거다. 교진은 이해가 안 되는 것들까지 자신의 뇌에 집어넣어 그렇지 않아도 복잡한 머릿속을 더 복잡하게 만들 생각이 없었다.

OMR카드에 1번으로 쭉 마킹하고 나서 엎드려 자는데 시험 감독으로 들어온 국어 선생이 막대기로 옆구리를 찔러 댔다.

"침 흘리면 답안지 다시 작성해야 되잖아."

별 간섭을 다 한다. 교진은 마지못해 몸을 일으켜 세워 답안지를 책상 위쪽으로 쓱 빼 놓았다.

"야, 이놈아. 좀 창의적으로 답을 찍어 봐라. 죄다 1번이 뭐냐?"

"섞어 가면서 찍으면 오히려 더 틀려요. 뭐든 하나로 정하면 끝까지 가는 게 정답이에요."

"정답 같은 소리 하고 있네. 너, 이 새끼. 국어 시험도 이렇게 찍어서 반 평균 깎아 먹었지? 하여튼 너희 같은 찍새들은 따로 모아서 격리시켜야 돼."

공부에 관심이라고는 없는 교진이 일반 고등학교에 온 게 잘못이었다. 형이 고등학교에서 공부를 이만저만하게 한 게 문제였다. 엄마는 교진에게도 형의 뒤를 잇게 했다. 게다가 형은 엄마의 꿈인 4년제 국립 대학에 떡하니 붙기까지 했다. 비록 지방에 있긴 해도 국립 대학 경영학과라는 말에 형은 엄마 평생의 자랑거리가 되었다. 일가친척 중에 대학 나온 사람이라고는 눈 씻고 찾아봐도 없는 집안에서 이렇게 잘난 아들이 엄마 기를 살려 주었는데, 엄마가 형에게 못 해 줄 것은 세상에 없었다. 내친김에 엄마는 교진에게도 대학을 가 보라고 했다. 웬만큼 이름 알려진 대학에만 가면 교진이 원

하는 건 다 해 주겠다고 약속까지 했었다. 그렇지만 교진이 2학년이 되어서 전교 최하위권을 도맡아 하자 비로소 엄마는 교진에 대한 욕심을 버렸다. 어찌 됐건 엄마의 소원을 들어주지 못한 점에 있어서 교진은 늘 마음이 편치 않았다. 엄마가 얼마나 힘들게 살아왔는지를 아니까 더욱 그랬다.

모든 것을 단순화해 일직선상에 놓고 바로바로 이해하고 해결하며 살아가자는 것이 교진의 모토였다. 그런 교진에게 지구 속이 얼마나 뜨거운지 아냐는 등, 지구는 하나의 커다란 자석이나 마찬가지라는 등 하는 말들은 알고 싶지 않은, 알 필요조차 없는 먼 나라 이야기였다. 교진은 자기 눈앞에서 벌어지는 순간의 일들만 보고 듣고 느끼며 살고 싶을 뿐이었다. 그 일의 중심에 지윤이 있었고, 교진은 지윤을 제외한 모든 것에는 관심이 없었다.

다행히 침 한 방울 묻히지 않은 답안지를 제출하고 교진은 교실을 빠져나왔다. 날다람쥐처럼 운동장을 가로질러 버스 정류장을 향해 달렸다. 정류장을 떠나기 시작한 버스 뒤를 전력 질주로 쫓아 교진은 기어이 버스에 올라탔다. 지윤과 함께해야 할 귀한 시간을 길바닥에서 버스나 기다리며 아깝게 흘려보낼 수는 없으니까. 거친 숨을 몰아쉬는 교진의 귓가에 버스 운전사의 잔소리가 울려 퍼졌다.

"야, 다음 버스 타면 될걸 왜 위험하게 따라붙고 난리야? 죽으려고 환장했어?"

선생이고 버스 기사고 간에, 하여튼 어른의 탈을 쓴 종족들은 비난과 협박만을 일삼는다. '네 사정이 여차저차해서 이런 행동을 한 거구나.' 하고 말해 주는 어른을 본 적이 없다. 나이가 들면 뇌가 발작을 일으키는지 모두 똑같이 상태가 나빠진다. 야단 총알을 장전하고 아이들만 보면 난사하고 싶어 안달 난 잔인무도한 종족들이 어른 아니던가?

편의점 유리문 속에 지윤이 있었다. 손님이 없어도 열성적으로 가게 안을 치우고 있었다. 누가 보든 안 보든 지윤은 한결같았다. 어젯밤 있었던 서진과의 불미스러운 일 따윈 안중에도 없어 보였다.

"우리 가게가 이렇게 깨끗해질 수도 있다는 사실을 왜 우리 아빠랑 나는 몰랐을까?"

편의점에 들어서자마자 교진은 냉장고에서 캔 커피를 꺼내 지윤에게 내밀었다. 지윤은 캔 커피를 건네받더니 도로 냉장고에 집어넣었다.

"됐거든. 나는 물 마실 거거든."

"아, 진짜 징하다."

지윤은 이마에 맺힌 땀방울을 손등으로 닦으며 사무실로

향했다.

　"이제 좀 쉬어. 내가 일 다 할게. 근데 괜찮은 거야? 말 좀 해 봐."

　"……."

　"내가 그 새끼 턱을 정통으로 돌려 버렸잖아. 틈날 때마다 복수해 줄게. 다친 데는 없는 거야? 어디 좀 봐."

　지윤은 대답 한마디 없이 사무실 냉장고에서 물을 꺼내 페트병째 마시며 천장을 바라보았다. 지윤의 눈가에 물기가 고였다. 물을 다 마시고 뚜껑을 닫는 순간 눈물이 지윤의 볼을 타고 흘러내렸다. 하염없이 흘렀다. 마신 물이 목구멍을 타고 위 속으로 들어간 게 아니라 눈물샘으로 옮겨 간 듯했다.

　그 모습을 본 교진은 가슴속에 있던 무언가가 쩌억 하고 떨어져 나가 버린 것 같은 느낌을 받았다. 지윤에 대한 막연했던 호기심, 예쁜 연상의 여자 한번 사귀고 싶었던 로망, 쉽게 생겼던 그런 감정들이 갑자기 떨어져 나가면 남녀 관계는 끝이 나는 게 일반적이다. 그런데 교진의 경우는 아니었다. 그 속에서 더 뜨거운 감정이 솟구쳐 올랐다. 지구 껍데기 속에 차례차례 들어 있다는 맨틀과 외핵과 내핵처럼 교진의 마음속에도 뜨거운 감정들이 차례차례 웅크리고 있었던 게 분명했다. 하나가 사라지면 더 뜨거운 하나가 나오고, 그 속엔 더욱더 뜨거운 사랑의 감정이 도사리고 있었다.

"내가 불쌍하니?"

지윤이 눈물을 닦으며 물었다.

"아니."

"고맙구나. 나는 내가 불쌍해지려는데 다른 누군가는 나를 그렇게 보지 않는다? 그것만으로도 힘이 난다."

"불쌍하기는커녕 당당해서 멋져. 그래서…… 많이 좋아해."

교진이 지윤의 두 눈을 빤히 들여다보며 말했다.

지윤은 피하지 않았다. 뒤통수를 때리거나 머리로 들이받거나 싹 무시해 버리는 행동은 없었다. 대신 두 손을 들어 교진의 얼굴을 감쌌다. 교진이 당황하는 사이 지윤은 기습적으로 키스를 해 버렸다. 키스하는 동안 교진은 숨을 쉴 수가 없었다. 숨 쉬는 방법을 잊어버린 것만 같았다. 세상 모든 것이 두 사람을 중심으로 멈춘 것만 같았다. 키스만 살아 있고 세상의 모든 것이 죽어 버린 것 같은 느낌. 지윤과의 키스는 교진에게 그런 느낌을 주었다.

"서진이 대전 내려갔니? 집에 있기 싫어하잖아."

키스의 여운이 채 가시지 않았을 때 지윤이 물었다.

"술이 떡이 됐는데 어떻게 가겠어? 아마도 오늘 밤이나 돼야 깰걸? 그러고 나서 내일쯤 가겠지, 뭐."

두방망이질 치는 자신의 심장 소리가 교진의 귀에까지 전해져 왔다. 교진은 마른침을 꼴깍 삼켰다.

"교진아, 나, 대전 갈 일 있는데 같이 갈래?"

"?"

"그건 불가능하겠지? 편의점 때문에."

"아, 아니. 그게 왜 불가능해? 근데 갑자기 무슨 일 있어?"

"일은 무슨. 그냥 날도 좋고, 너랑 같이 고속버스 타고 싶어서 말이야."

지윤이 수줍은 듯 작은 소리로 말했다.

'날도 좋고…… 너랑 같이…… 버스 타고 싶어서…….'

지윤의 말들이 조각조각 교진의 귓속을 헤엄쳐 다녔다. 정신이 몽롱해지는 기분이었다.

"당연히 가능하지. 정태 형한테 빨리 오라고 전화할게."

"나는 지금 곧장 갈 거야. 그럼 너는 정태 오빠 오면 나중에 와라."

"뭐? 그게 말이 돼? 같이 가자고 할 땐 언제고 갑자기 따로 가자고 해? 누굴 놀리시나."

정태가 전화를 받지 않자 마음이 다급해진 교진은 문자를 보내기 시작했다. 하필 이렇게 중요한 날 정태 형은 답문자도 제때 하지 않았다. 가방까지 메고 나설 준비를 마친 지윤을 더 붙잡아 두기엔 역부족이었다. 교진은 에라 모르겠다 하는 심정으로 지윤을 따라나섰다. 가게 문을 잠그자마자 교진과 지윤은 손을 잡고 뛰기 시작했다. 누가 본다고 해도 전혀 상관없었다. 누구의 눈을 피해 달린 것이 아니었다. 서로의 마음을 확인한 이상 함께하는 시간들이 사그라져 버리기 전에 그 순간을 온전히, 빠르게 누리고 싶을 뿐이었다. 숨이 턱에 차오를 때까지 뛰고 또 뛰면서 온몸으로 사랑의 감정을 느끼고 싶었다.

지윤과 대전에 다녀온 어제. 교진은 밤새도록 잠을 이룰 수가 없었다. 사실 여행이랄 것도 없을 정도로 변변치 못한 일정이었다. 교진은 지윤이 해결해야 할 일을 하러 간 사이 터미널에 있는 카페에서 음료수를 축내며 기다려야 했다. 버스 안에서의 왕복 네 시간을 제외하고 대전에서 둘이 함께한 것은 아무것도 없었다.

그래도 감사해야 할 일은 버스 옆 좌석에 앉은 지윤의 손을 오롯이 만질 수 있었던 것이다. 교진은 잠시도 지윤의 손을 놓을 수가 없었다. 손을 놓는 순간 지윤이 제정신으로 돌아와 '야, 이게 뭔 짓이야? 난 네 형의 여친이라고. 정신 차려, 인마.' 하고 소리칠까 봐 두려웠다. 서진의 행패를 못 견디고 일시적으로 교진에게 마음을 연 것이라면, 서진이 똑바로 행동할 경우 지윤의 마음이 형에게로 돌아가지 않는다고 누가 장담할 수 있을까? 그만큼 교진에게는 지윤과의 순간들이 믿기지 않는 꿈같이 여겨졌다. 뒤통수나 후려치던 지윤이 변해도 너무 급하게 변했으니 교진은 불안하기 짝이 없었다.

침대에 누워 이불을 덮어쓰고 지윤과의 키스를 되새기느라 온몸이 후끈 달아오르고 있을 때였다. 전화벨이 울렸다. 아빠였다.

"교진아, 너는 아냐? 지윤이 바뀐 전화번호?"

"바, 바뀐 번호라니? 그, 그게 무슨 소리야?"

나쁜 짓을 하다가 들킨 것도 아닌데 교진은 말을 더듬었다.

"오늘 조금 빨리 나오게 하려고 전화했는데 없는 번호란다."

"말도 안 돼. 아빠가 번호를 잘못 알았겠지. 내가 걸어 보고 알려 줄게."

교진은 단축 번호 1번을 꾹 눌렀다. 아빠 말은 사실이었다. 없는 번호라는 안내 멘트가 나왔다. 이럴 수는 없는 일이었다. 이건 말이 안 된다. 이러면 안 되는 얘기였다. 어제저녁에도 교진은 지윤과 뜨거운 키스를 한 차례 더 하고 헤어졌다. 내일 만나자는 약속도 아직 귓가에 생생한데 도대체 이게 무슨 날벼락이란 말인가? 아무리 여자 마음이 갈대라고는 하지만 채 하루도 지나지 않아 번호를 바꾸고 그 사실을 교진에게 알리지도 않는 이 상황을 도대체 어떻게 이해해야 할지 알 수가 없었다.

편의점 문을 박차고 들어선 교진의 눈에 오늘따라 더욱 검붉어진 아빠의 얼굴이 보였다.

"교진아, 너, 사무실 프린터 아래에 감춰 둔 봉투 만졌냐?"

"봉투? 무슨 봉투?"

"이놈아, 봉투가 봉투지, 무슨 봉투가 또 있어? 돈 넣어 두는 흰 봉투 말이야. 그 속에 내가 비상금을 넣어 놨는데 그게 감쪽같이 사라졌어. 그건 아무도 모른다고. 알 수가 없지. 프린터 밑 고무 깔판 두 개 사이에 살짝 넣어 둔 거야. 그건 나밖에 모르는데 그게 없어졌다니까. 이런 귀신이 곡할 노릇을 봤나."

아빠는 사무실로 도로 들어가 봉투를 찾기 시작했다. 이미 사무실 안은 봉투를 찾느라 들어낸 물건들로 발 디딜 틈이 없었다.

"에이, 아빠가 어디다가 쓰고 나서 기억 못 하는 거겠지."

교진은 지윤 일만으로도 머리가 터질 것 같은데 아빠까지 성가시게 구는 게 귀찮고 싫었다.

"야, 내가 매일 확인하는데 그게 말이 되냐? 이거 느낌이 너무 안 좋다. 지윤이 걔 전화번호도 바꾸고. 진짜 이상해."

"아빠!"

교진은 있는 대로 버럭 소리를 질렀다.

"아이고, 깜짝이야. 이놈이 돌았나?"

"지금 무슨 말 하는 거야? 그럼 뭐 지윤이를, 아니 누나를 의심한다는 거야?"

"왜 소리를 치고 난리야? 지윤이가 네 친누나라도 되냐? 네 형수라도 돼?"

"말 같지도 않은 말을 하니까 그렇지. 가난한 사람은 그렇게 막 몰아붙이고 도둑 누명 씌우고 무시해도 되는 거야? 명문대생이 미쳤어? 알바하는 편의점에서 돈이나 훔치게?"

"야, 네가 걔 학생증이라도 봤냐? 봤어? 서진이 이놈의 자식, 전화도 안 받고 지랄이야. 토요일인데도 부득부득 대전에는 왜 기어 내려가서. 물어보려고 해도 연락이 돼야 말이지. 휴대폰 들고 다니면서 전화 안 받는 인간들, 죄다 휴대폰 뺏어서 불 싸질러야 돼."

교진은 망치로 머리를 세게 맞은 것처럼 혼이 빠져 버렸다. 어떻게 알바한다는 이유만으로 지윤을 도둑으로 몰아세울 수 있는지. 예쁜 딸 같다는 둥, 큰며느릿감으로 좋겠다는 둥 말했던 아빠는 어디로 사라졌느냔 말이다.

"야, 교진이 너 가게 보고 있어라. 나 결혼식 갔다가 금방 올 테니까. 정태도 곧 나온다고 했어. 봐라. 정태는 연락이 딱딱 되잖아. 지금 연락 안 되는 사람은 지윤이밖에 없어."

아빠는 물증도 없는 상태에서 지윤을 도둑으로 단정 짓고 있었다.

"형도 연락 안 된다고 좀 전에 그랬잖아. 왜 그렇게 사람이 이중적이래? 자기 편한 대로 왜 막 갖다가 붙이는 건데?"

교진이 핏대를 세우며 소리를 질렀다.

"야, 네 형이 미쳤냐? 너희 엄마가 나한테는 돈 한 푼을 안 줘도 서진이한테는 더 못 줘서 안달이다. 가끔씩 내가 서진이한테 돈을 꾸기도 하는데, 걔가 뭐가 아쉬워서 내 돈을 훔쳐? 꾼 돈 갚으라는 말도 안 하는 착한 애야, 걔가. 그렇게 돈이 남아도는 애라고."

"어휴, 참 착한 아들 두셨네. 꾼 돈 안 갚는 것만 보고 착하다고 판단하면 돼? 남의 집 귀한 딸한테 함부로 행패 부리는 것도 모르면서. 형이 착하면 세상 범죄자들도 죄다 착한 거겠다."

"뭐가 어째? 너 이 새끼. 형을 범죄자랑 비교하냐? 안 그래도 화딱지 나서 죽겠는데. 불난 데다가 기름통을 뽀개 들이붓는구나. 내, 지금은 바빠서 간다만 갔다 와서 두고 보자."

양복 윗도리를 걸치는 아빠의 얼굴이 땀과 기름으로 번들거렸다. 없어진 돈 때문에 제대로 열 받은 게 틀림없었다.

"없어진 돈이 대체 얼만데? 10만 원? 20만 원?"

교진이 문을 열고 나가려는 아빠에게 큰 소리로 물었다.

"십, 이십 같은 소리 하고 있네. 자그마치 이백이다, 이백."

200만 원. 아빠가 화낼 만한 금액이었다. 그 정도의 돈을 엄마 몰래 빼돌렸다면 꽤 오랜 시간 정성 들여 작업한 것일 테니까 말이다. 매일의 매출을 엄마에게 빠짐없이 고해바치는 교진까지 속일 정도로 아빠는 주도면밀하게 비상금을 모았을 것이다. 비상금이 어떤 용도로 사용될지는 물어보지 않아도 뻔했다. 아빠의 바람기는 엄마가 돈줄을 잡아챘다고 해서 사그라졌던 적이 없었으니까.

교진은 사무실에서 지윤의 이력서를 찾아냈다. 이력서에 적힌 집 전화번호도 없는 번호였다. 교진은 지윤의 집 주소를 휴대폰에 입력하면서도 이것 역시 가짜일 거라고 생각했다.

'무슨 이유에서였을까? 가짜 번호를 내세워 이력서를 꾸미다니. 아빠의 비상금이 거기에 있다는 것은 어떻게 알았을까? 내게 한 행동은 무슨 의미일까? 대전으로의 짧은 여행은 또 뭘까?'

그렇지 않아도 돌대가리라고 놀림받는 교진은 돌가루가 떨어질 정도로 머리를 굴렸지만 어느 것도 명확하게 알아내지 못했다. 아니, 자신이 몰랐던 충격적인 사실들을 알게 될까 봐 두려웠다. 그래서 머뭇대고 있는지도 모른다.

그때 휴대폰 벨이 울렸다. 서진이었다.

"윤교진, 아빠랑 통화했는데 지윤이 그년이 돈 갖고 튀었다며?"

"야, 말조심해."

"이 새끼야, 정신 차려. 걔 완전 도둑년 맞아. 내 돈도 없어졌다니까. 돈 되는 건 싹 다 찾아서 증발해 버렸어. CCTV 확인했더니 글쎄 그년이 어제 내 오피스텔에 들어왔더라고. 비밀번호는 또 어떻게 알았나 몰라. 나 지금 서울로 다시 올라가는 중이야. 아빠랑 만나서 그년 경찰서에 신고하려고. 끊는다."

연타로 두 번씩이나 뒤통수를 맞은 교진은 의자에 털썩

주저앉고 말았다. 서진의 말이 사실이라면 지윤이 도둑질을 할 수 있도록 결정적 도움을 준 사람은 다른 누구도 아닌 교진, 자신이었으니까.

어제의 대전행은 교진에겐 이제 막 사귀기 시작한 커플의 순수한 여행이었다. 반면 지윤에게는 도둑질을 염두에 둔 불순한 잠행이었던 게 틀림없다. 교진의 가슴속에서 뜨거운 기운이 솟구쳐 올라왔다.

어제 대전행 고속버스에서 지윤과 나누었던 대화가 떠올랐다.

"서울서 대전이면 자기 차 갖고 통학도 가능한데 굳이 오피스텔까지 얻다니. 참, 네 형 못 말린다."

"그러니까. 오피스텔을 얻을 거면 차를 사지 말든지, 차를 샀으면 오피스텔을 얻지 말든지. 하여튼 돈 잡아먹는 귀신이야, 윤서진은."

"너는 그 오피스텔 가 봤니?"

"아니. 내가 거길 뭐 하러 가? 재수 없는 놈 사는 데를."

"나는 거기 한 번 갔었어."

"뭐? 혹시 끌려갔던 거 아냐? 아, 그 새끼. 어제 더 때렸어야 했는데."

"아냐, 친구들이랑 잠깐 같이 갔었는데 그때 책을 놓고 왔어. 오늘 간 김에 찾아오고 싶은데. 윤서진 없다니까 특히 더 그러고 싶다. 안 마주치고 싶은 내 마음 알지?"

교진은 고개를 끄덕이며 지윤의 손을 더욱 꼭 쥐었다.

대전 터미널에 내린 교진은 지윤만을 의지해서 다녔다. 서진이 사는 오피스텔엔 2년이 다 되도록 가 본 적도 없으니 대전은 초행길이었다.

"너는 여기 카페에 있어. 나 혼자 금세 갔다 올게. 너, 서진이 집에 가기 싫잖아. 그렇지?"

지윤이 교진을 보며 물었다.

사실이었다. 서진이 사는 공간으로 발을 들이밀고 싶지 않았다. 원래도 싫었는데 지윤에게 함부로 대한 걸 알고 나서는 호적을 따로 쓰고 싶을 정도로 싫어졌다.

"서지윤, 너도 그냥 안 가면 안 돼? 내가 새 책으로 사 줄게."

교진이 지윤을 붙잡으며 물었다.

"안 돼. 내가 밑줄 그어 놓고 중간중간 메모까지 해 놓은 아끼는 책이야. 오피스텔 경비 아저씨한테 문 열어 달라면 열어 줄 거야. 지난번에도 그랬거든."

교진은 어제의 기억들을 되새기기 시작했다. 버스를 타고 대전으로 가는 도중에 지윤은 가끔씩 교진의 생일이나 집 전화번호, 이메일 주소, 집 주소 따위를 물었다. 교진은 지윤이 자신의 생일을 챙겨 주기 위해, 휴대폰 연결이 안 될 때는 집으로 전화를 걸기 위해, 사랑의 감정을 메일로 주고받기 위해, 또는 교진을 찾아오기 위해 그 모든 것들을 물어본다고 생각했다. 그래서 신이 나서 가르쳐 주었고, 지윤은 휴대폰에 그것들을 꼼꼼하게 입력했다.

교진은 서진에게 전화를 걸었다.

"좀 전에 말한 CCTV는 뭐야? 비밀번호 어쩌고 한 거 말이야."

"운전하는데 왜 전화질이야?"

"돈 안 찾고 싶어?"

교진이 버럭 화를 냈다.

"걔가 내 오피스텔 비밀번호를 누르고 아주 태연하게 들어가는 게 CCTV에 찍혔더라고. 지가 꼭 집주인 같더라."

"경비 아저씨가 열어 준 게 아니고?"

"경비 아저씨라니. 경비원이 내 집 비밀번호를 어떻게 알아? 이게 내 집이지, 경비원 집이냐? 그런데 그년이 그걸 어떻게 알아냈냐는 거지."

"비밀번호가 뭐였는데?"

"새끼야. 그게 뭐가 궁금해. 그거 알면 도둑년 잡을 수 있어? 왜 자꾸 엉뚱한 걸 물어?"

"그래, 잡을 수 있다. 그러니까 말이나 해."

"우리 집 전화번호 230-4587이다. 됐냐? 가르쳐 줬으니까 너 꼭 잡아 봐. 알았어?"

서진은 소리를 바락바락 지르더니 전화를 끊어 버렸다.

'우리 집 전화번호!'

교진은 착각의 늪에 빠져 있었던 거다. 지윤이 교진과의 통화를 위해 집으로 전화를 걸 리는 없었다. 그저 서진의 오피스텔 문을 열기 위한 비밀번호가 필요했을 뿐이었다. 교진에게서 알아낼 수 있는 숫자란 숫자는 질문을 통해 모두 알아냈고, 결국 오피스텔 문은 열렸고, 찾고자 했던 돈은 찾았고, 그러니 교진에게 더 이상의 볼일이 남아 있을 턱이 없었다. 지윤이 연락을 끊어 버린 것은 당연한 일이었다. 하지만 교진은 여전히 지윤을 믿고 있었다. 성실하고 철두철미하고 남에게 신세 한 번 지려고 하지 않던 지윤이었다.

'그런 서지윤이 사실은 그 모든 것을 노리고 계획적으로 접근한 도둑이었다고?'

지윤이 현행범으로 경찰서에 붙잡혀 온다고 해도, 눈으로 그 장면을 목격한다고 해도 교진은 믿을 수 없을 거 같았다. 그만큼 지윤에 대한 믿음이 컸다. 그래서 더욱 아팠다.

그때 교진의 휴대폰에서 문자 알림음이 울렸다.

– 메일 확인 요망.

모르는 번호로 온 문자였다.

교진은 휴대폰으로 메일 수신함을 열었다. 지윤이 보낸 메일이 있었다.

교진아, 실망 많이 했지? 어른 되어서 만날 나쁜 인간 하나 미리 만났다고 생각해. 너한테 상처 줘서 미안해. 돈이 꼭 필요했어. 사장님 돈도 서진이 돈도 훔쳐서는 안 되는 거였지만, 그래도 훔칠 수 있었던 건 말이야. 그 돈들이 엉뚱한 곳에 쓰이거나 정당하게 모여진 게 아니라서 그나마 양심의 가책을 덜 받았어. 하긴 이렇게 얘기하는 것도 우습다. 도둑년 변명치고는 뻔뻔하네. 그렇지?

사장님은 길 건너 옷 가게 아줌마랑 바람이 나서 거기로 돈이 계속 들어가고 있었고, 서진이는…… 대학생이 아니야. 서진이 대학 떨어졌어. 그런데도 가짜 대학생 행세하면서 물 쓰듯 돈을 쓰고, 그것도 모자라 2년 동안 등록금 받은 걸로 이젠 오토바이까지 사려고 하더라. 솔직히 그 돈들의 사용처를 몰랐다면 훔칠 결심 못 했을 거야.

나, 명문대생 아냐. 작년에 휴학했던 건 맞지만 올해 자퇴

했어. 누굴 속이는 게 이렇게 힘든 일일 줄 몰랐어. 그런데 속여서라도 지켜 내고 싶은 게 있어서 여태껏 살 수 있었는지도 몰라. 결국 그 소중한 걸 지키려다가 이 지경이 되었지만 말이야.

동생이 수술을 해야 돼. 아마도 네가 경찰에 신고하면 금세 나를 찾을 수 있을 거야. 병원만 뒤져 봐도 알 수 있을 테니까. 근데 네가 신고하지 않는다면 조금 더 있다가 잡히겠지. 동생 수술하는 걸 옆에서 지켜볼 수 있는 시간이 필요해. 그때 가서 죗값 다 치를게. 미안하다.

그래도 너한테 마지막 인사는 하고 싶었어. 나보다 어린 네가 보여 준 사랑에 잠시나마 흔들렸어. 고마웠고 행복했다.

교진은 한참 동안 지윤이 보낸 메일을 들여다보았다. 그러다 정신을 차리고 대책을 세우기 시작했다. 흥분한 아빠와 서진이 경찰서에 달려가 지윤을 고소하는 걸 막으려면 어떻게 해야 할지, 교진은 머리가 터지도록 생각했다.

'아빠와 형의 이중생활을 엄마한테 폭로해야 할까? 그랬다간 엄마가 혈압으로 쓰러질지도 몰라. 지윤이는 곧 잡히고 말겠지.'

그렇게 내버려 둘 수는 없었다. 교진은 아빠와 서진이 편의점으로 돌아오기만을 기다렸다. 두 사람의 만행을 덮어 주는 조건으로 지윤을 풀어 주자는 딜을 해 볼 요량이었다. 아빠나 서진이 도둑맞은 돈을 아까워하는 마음이 클지, 그들의 만행이 엄마 앞에서 파헤쳐져 돈줄이 끊어지는 것을 두려워하는 마음이 클지는 두고 보면 알 일이었다.

어차피 모든 사람은 마음속에 또 하나의 방을 만들어 놓고 혼자만의 비밀을 넣어 두는 법이다. '그런 게 바로 이중적인 것이다.'라고 말한다면, 이 세상에 이중적이지 않은 사람은 단 한 명도 없을 것이다. 교진 역시 지윤을 향한 자신의 비밀스러운 사랑을 가슴속 깊숙이 밀어 넣었다. 뜨겁고 뜨거워 액체 상태인 마음의 내핵이 있는 곳까지.

교진은 비로소 깨달았다. 지구의 겉껍질, 맨틀, 외핵, 내핵을 무시하면 안 되는 거였다. 인간에게도 지구와 똑같은 구조가 적용된다는 것을 왜 몰랐을까? 겉으로 드러난 것이 다가 아니라는 것, 그 속을 파고 들어가다 보면 더 아프고, 더 슬프고, 더 외로운 무엇이 감춰져 있다는 걸 왜 몰랐을까? 교진은 지윤의 겉모습에 반해 그녀의 속이 얼마나 아프게 움푹 패었는지 몰랐던 스스로가 부끄러워졌다. 그와 동시에 그녀가 어디에서건 상처나 비밀은 가슴속 가장 뜨거운 비밀의 방에 묻어 두고 당당하게 살아가길 빌었다.

설단 현상

아줌마가 사라졌다.

내 눈앞에서 사라져야 할 단 한 사람이 있다면 그건 바로 엄마였는데, 엄마 대신 아줌마가 사라진 것이다.

그저께 토요일 오후. 수학 과외가 끝나자마자 나는 주방으로 달려가 바쁘게 일하는 아줌마 뒤를 따라다녔다. 공부하다 지칠 때면 나는 언제나 아줌마를 찾았다. 일요일이면 18시간 내리 공부를 해야만 했는데 머리가 터져 나갈 것 같이 아픈 순간에도 아줌마가 주는 간식만큼은 먹을 수 있었다. 아줌마랑 함께 간식을 먹다 보면 거짓말처럼 편두통도 사라졌다. 그러니 내게 아줌마는 어떤 약보다도 효과가 뛰어난 만병통치약이나 마찬가지였다.

우리 엄마와 아줌마의 많은 차이 가운데 결정적 차이가
바로 이것이다. 엄마랑은 할 얘기가 단 하나도 없는데 아줌
마랑 같이 있으면 이상하게도 할 얘기가 점점 늘어난다는
것. 하나의 이야기가 세상 어딘가에서 떠도는 또 다른 이야
기를 날쌔게 낚아채 우리 앞에 가지런히 줄 세워 놓는 게 아
니라면 어떻게 이렇게 할 말이 많을 수 있을까. 그래서 한번
시작한 우리의 이야기는 쉽게 끝나는 법이 없었다.

"아줌마, 우리 둘이 이렇게 뭐 먹으면서 얘기하는 거 엄마
한테 들키면 어떻게 될까? 으으, 생각만 해도 끔찍하다."

"너도 참. 일어나지도 않은 일을 뭐 하러 미리 걱정하고
불안해하니? 지난번 텔레비전에서 보니까 사람들이 걱정하
는 일의 대부분은 현실에서 안 일어난다더라. 걱정 마."

아줌마가 씩 웃으며 말했다.

"그렇겠지? 아줌마 말이 맞는 거겠지?"

아줌마 말만 듣다 보면 세상은 참 쉽다. 어려울 게 전혀 없
어 보인다.

"당연하지. 만약 엄마한테 들키면 그때 가서 야단맞으면
되잖아. 야단맞는 것도 속상한데 그게 뭐 좋은 거라고 앞당
겨서 걱정하니?"

아줌마가 혀를 쏙 뺐다 집어넣으며 웃었다.

"그 말은 뭐야? 나더러 걱정을 하라는 거야, 말라는 거야? 아니면 야단을 맞으라는 거야, 맞지 말라는 거야?"

투덜대며 말꼬투리를 잡아도 아줌마는 내가 귀여워 죽겠다는 표정을 지으며 내 엉덩이를 두드려 주었다.

"어릴 때는 걱정하면서 사는 거 아냐. 자꾸 걱정하면 걱정거리만 생긴다. 너처럼 예쁜 애한테는 좋은 일만 생길 거야. 너, 나 믿지?"

아줌마가 내 머리를 쓰다듬어 주며 물었다.

"응."

"그럼 됐어. 너는 앞으로 더 행복해질 거야."

"만약 안 행복해지면?"

"떽. 그런 말 하지 마. 만약 그렇게 되면 아줌마가 가만 보고만 있겠니? 어떻게 해서든지 널 웃게 해 주지. 걱정 말고 나만 믿어."

아줌마의 말에 마음 한구석이 따뜻해져 왔다. 물 묻은 흰 도화지에 붉은색 물감 한 방울을 톡 하고 떨어뜨린 것 같은 느낌. 차츰차츰 주변으로 번지면서 따스한 기운을 전해 주는 아줌마의 고마운 말 한마디. 나는…… 아줌마 때문에 산다.

"나, 과외 하다가 토 나올 뻔. 지금 나 안 행복한 거 같은

데, 아줌마 이거 어떻게 해결해 줄 건데?"

"우리 세진이 오징어튀김 해 줄까? 그거 좋아하잖아."

"진짜? 그럼 나야 뭐 바로 행복해지지. 히히히."

오징어튀김이라는 말을 듣자 입안에 침이 고여 왔다. 아줌마는 음식을 기가 막히게 잘한다. 그리고 내가 우울해하거나 힘들어할 때마다 각양각색의 요리들로 나를 달래 준다.

"아줌마, 내가 오징어튀김 먹고 싶어 하는지 어떻게 알았어?"

"애는, 내가 널 모르면 누가 널 알겠니? 네가 조그마한 꼬맹이였을 때부터 곁에서 봐 왔는걸."

"우리 엄마, 아빠는 왜 날 아줌마만큼도 모르는 걸까? 그 사람들은 나랑 같이 안 살았어? 아줌마보다 더 오래전부터 나랑 살았잖아?"

"어머머, 애 좀 봐. 그 사람들이 뭐니?"

아줌마가 나를 살짝 흘겨보았다. 그 눈빛에 꾸지람이 묻어 있는 것 같아서 순간 서운함이 몰려왔다.

"아줌마, 내 편 안 들고 누구 편드는 거야? 우리 엄마, 아빠가 정상이라고 생각해? 아빠는 해외 출장이다 뭐다 해서 일 년에 반 이상은 집에 안 들어오지, 엄마는 날마다 다른 애들 교육 컨설팅 해 준 걸 나한테도 똑같이 써먹으려고 다그

치지. 이런 부모가 정상이야? 진짜 그렇게 생각하는 거야?"

갑자기 내가 열을 내며 말하자 아줌마는 아무 대꾸도 못하고 나를 바라보기만 했다. 아줌마야말로 10년이 넘는 세월 동안 우리 집에 있으면서 내가 어떻게 살아왔는지 누구보다 잘 알고 있었으니까 말이다.

내 기분이 좋아 보이지 않자 아줌마는 분위기를 바꾸기 위해 재빨리 기름 냄비를 불 위에 올렸다.

"세진아, 아줌마 좀 돕지?"

그렇게 말하며 아줌마는 껍질을 벗긴 오징어를 링 모양으로 잘랐다. 아줌마 말이 떨어지자마자 나는 싱크대 안쪽에 있던 튀김 가루 통을 꺼냈다.

"그렇지. 넌 진짜 센스가 있어."

아줌마는 내 마음을 서운하게 만든 것이 미안했는지 짐짓 더 큰 소리로 나를 칭찬해 주었다.

"이제 알았어?"

나도 일부러 더 명랑하게 말했다. 아줌마가 더 이상 미안해하지 않도록.

"세진아, 너 튀김 반죽 어떻게 만드는지 아니?"

"튀김 가루 적당히 담고 물 좀 섞고 얼음 넣으면 되잖아. 그게 뭐 별건가?"

나는 커다란 그릇에 튀김 가루를 부었다.

"어머머, 그걸 막 들이부으면 어떡하니? 양 맞추기가 얼마나 어려운 건데. 아줌마나 되니까 눈대중으로 해도 딱딱 분량이 맞는 거라고. 튀김 가루는 컵으로 계량해야 하고 또, 물은 집어넣을 얼음 생각해서……."

"알아, 알아. 얼음 녹을 거 대비해서 물의 양을 줄이는 거 상식 아냐?"

나는 그릇에 튀김 가루와 물, 얼음을 넣은 채 거품기로 이리저리 뒤섞으며 튀김 반죽 만들기에 여념이 없었다.

"확실히 얼음을 넣어야 튀김옷이 더 바삭해져. 그렇지?"

"세진이 너, 이러다가 나 대신 살림하겠다고 나설 것 같다. 어떻게 된 애가 뭐든 이렇게 잘하니? 거리감 확 느껴지게."

아줌마는 온도를 가늠해 볼 요량으로 끓고 있는 기름 냄비 속에 튀김 반죽을 조금 떼어 넣으면서도 내 칭찬을 잊지 않았다.

"끓어오르는 걸 보니 기름 온도도 적당하고. 내가 해 볼 테니까 아줌마는 좀 기다려 봐."

나는 손질해 놓은 오징어 링에 튀김옷을 입힌 후 끓고 있는 기름 속으로 퐁당 빠트렸다. 두 번째 오징어 링을 냄비 속으로 집어넣으려는 순간,

"정세진. 너, 지금 정신이 있는 거야, 없는 거야?"

엄마가 고래고래 소리를 지르며 낮도깨비처럼 나타났다. 나는 너무 놀라 비명을 질렀고 기름 냄비 속으로 나무젓가락까지 빠트리고 말았다. 그 바람에 뜨거운 기름이 손등으로 튀었다.

"앗, 뜨거!"

엄마 때문에 놀라기는 마찬가지였을 텐데도 아줌마는 침착하게 나를 싱크대로 데려가 기름에 덴 손등을 찬물로 식혀 주었다. 하지만 나는 손등의 화끈거림을 신경 쓸 때가 아니었다.

아줌마랑 주방에서 웃고 떠드느라 엄마가 현관문을 열고 들어온 것도 눈치채지 못했다. 머릿속이 하얗게 변해 버린 것만 같았다. 바깥일로 눈코 뜰 새 없이 바쁜 엄마가 집에 올 시간이 아닌데 나타나서 더 놀랐고, 엄마 입에서 무슨 말이 나올지를 알기에 더욱 두려웠다.

아줌마가 앞일을 걱정하지 말라고, 걱정하는 일의 대부분이 일어나지 않는다고 한 이야기는 우리 집 풍경에서만큼은 해당 사항 없음이다. 나는 모든 걱정을 앞서 해야만 했고, 만약의 사태에 대비해서 사려 깊게 행동해야 했다.

"과외 끝나고 나서 복습하고 숙제해도 모자랄 시간에 이게 무슨 정신 나간 짓이야? 아줌마, 뭐 하는 사람이야? 세진이 공부 시간 체크해서 1분 1초라도 허투루 쓰면 야단쳐야할 거 아냐. 근데 애 데리고 쓸데없는 수다나 떨면서 부엌일을 시켜?"

엄마는 아줌마보다 세 살이나 어리면서도 말끝마다 반말이다. 고용주와 고용인의 관계를 우리 엄마처럼 모질고도 야무지게 써먹는 사람은 없을 거다. 고용인에게 월급만 주면 무엇이든 다 해결되는 게 아니라는 걸 엄마처럼 똑똑한 사람이 모른다. 그러니까 엄마는 똑똑한 게 아니라 똑똑한 척하고 사는 거다.

"어휴, 사모님. 무슨 그런 말씀을. 제가 설마 세진이 부엌일 시키겠어요? 과외 하고 나서 힘든 것 같아 아주 잠깐 좀 쉬게 한 거예요."

"인감도장 깜빡해서 가지러 왔다가 내가 또 이런 꼴을 봐버리네. 나 없을 때마다 이렇게 시간 잡아먹고 지냈어? 둘 다 정신 나간 거 맞지? 아줌마, 세진이한테 떠들고 놀 시간이 있다고 생각해? 정말 그래?"

엄마는 있는 힘껏 소리를 질렀고, 그 소리 못지않은 경멸의 눈빛으로 아줌마를 몰아세웠다. 내 방을 향해 거친 발걸음으로 걸어가는 엄마의 뒤를 나는 말없이 따랐다. 화난 엄마의 쿵쿵거리는 발소리가 내 마음에 가해지는 매질같이 느껴졌다.

엄마는 뜨거운 불구덩이에 빠졌다가 구사일생으로 살아 나온 사람처럼 악을 썼다.

"우리 집안에 서울대 안 나온 사람이 누가 있어? 네가 신기록 한번 세울래? 과학영재고도 아니고 자사고로 돌려 줬으면 알아서 죽기 살기로 해야 할 거 아냐. 그런데도 생각 없이 수다를 떨어? 아줌마가 과외 선생이냐? 남의 집 살림이나 봐 주는 아줌마한테 배울 게 뭐가 있다고 붙어서 시간을 낭비하고 난리야."

엄마가 손에 잡히는 문제집으로 내 머리를 인정사정없이 내리쳤다. 나는 찍소리도 못 했다.

이제껏 나는 엄마 말을 어긴 적이 없었다. 무려 18년 동안이나 엄마가 시키는 대로 먹고, 입고, 자고, 배우며 살아왔다. 어렴풋이 기억나는 네댓 살 무렵부터 나는 하루 일과표에 빼곡히 들어찬 공부 일정을 소화해 왔다. 시간이 흐를수록 무지막지해지는 엄청난 양의 공부 더미 속에서 깔려 죽지 않고 살아 나온 게 신기할 정도였다. 하지만 어느 순간부터 내 노력은 나를 발전시키는 것이 아니고 나를 점점 쪼그라들게 만드는 것 같았다.

"나, 지금 건물 계약 때문에 나갔다가 다시 들어올 거야. 정확히 두 시간 뒤에 네 스케줄 조정 다시 할 거다. 이렇게 물러 터지게 공부하는 꼴 나는 못 봐. 그러니까 정신 바짝 차려서 공부하고 있어. 알았지?"

엄마는 내게 협박조로 말한 뒤 문을 박차고 나가 버렸다. 나를 둘러싼 모든 것이 멈춰 버려서 내가 느끼는 이 숱한 고통도 멈추어지길 바랐지만 오히려 데인 손등까지 화끈거리기 시작했다. 앞으로 더 많은 고통이 나를 기다리고 있을 것 같은 불안감이 몰려왔다.

그렇게 한바탕 폭풍이 몰아쳤던 지난 토요일을 간신히 넘기고 난 월요일, 내가 학교 간 사이를 틈타 엄마는 아줌마를 쫓아낸 것이다. 그날 이후 며칠이 지난 지금까지 아줌마의 소식을 알 길은 없었다. 아줌마의 꺼져 버린 휴대폰처럼, 아줌마도 나와 연락이 닿지 않는 다른 세상으로 꺼져 버린 듯했다. 하루, 이틀, 사흘. 시간은 흘러갔고 아줌마의 부재만 빼면 일상의 변화는 하나도 없어 보였다. 최소한 겉으로 드러나 보이는 상황은 그랬다. 나는 여전히 학교에 갔고, 공부를 했고, 집에 와서도 또 공부를 했으니까. 그러나 내 세계는 한없이 작고 가치 없어졌으며, 동시에 초라해지고 슬퍼졌다.

책상 앞에 앉아 내 방을 찬찬히 둘러보았다. 벽이란 벽은 온통 책꽂이가 차지하고 있고 거기엔 어린 시절부터 공부해 온 온갖 종류의 참고서와 문제집이 빼곡했다.

책꽂이에 다가가 수학 문제집 하나를 꺼내 들었다. 힘들 게 미적분 문제를 푼 흔적들이 그득하다. 이 문제들을 풀었 을 당시 나는 고작 초등학교 5학년이었다.

'왜 나는 내 나이보다도 훨씬 더 앞서서 살아야 하지?'

생의 과정을 서둘러 산다는 것은, 죽음의 순간에 먼저 도 달한다는 것과 어떻게 다른 건지 나는 늘 궁금했다. 이렇게 세월을 앞당겨 살다가는 조만간 쉬이 늙어 버릴 테고 곧이 어 죽을지도 모르겠다는 생각이 늘 내 머릿속에서 뱅뱅 맴 돌았다.

먼저 생을 살아 버리는 선행의 삶을 강요받은 나는 지난 한 반복의 삶도 더불어 견뎌 내는 법을 배워야 했다. 반복의 일상화로 내 삶은 거침없이 빠르게 흘러가 버린다. 조금은 느리고 서툴더라도, 새로운 경험들로 가득한 삶을 살 수는 없는 것일까?

띵동.

밤 11시가 넘은 시각의 벨 소리는 특별한 손님이 왔음을 의미한다. 우리 엄마에게 교육 컨설팅을 받기 위해 자기 자식을 억지로 끌고 온 또 다른 극성스러운 엄마가 그 주인공이다.

나는 닫힌 내 방문에 등을 기대고 쪼그려 앉았다.

'오늘 끌려온 넌 또 어떤 아이일까?'

세 사람이 거실 소파에 앉는 소리가 들려왔다. 엄마는 온갖 자료를 테이블 위에 펼쳐 놓고 도도하게 다리를 꼰 채 두 사람의 약한 마음을 이리저리 흔들어 댈 것이다. 이제껏 그래 온 것처럼, 아주 프로페셔널하게.

"애, 정원아. 너 지금도 너무너무 늦었지만, 그럼에도 불구하고 지금부터라도 공부 안 하면 진짜 듣보잡 대학 간다. 너 대학은 가고 싶니?"

"네? 네네."

정원이라는 아이는 잔뜩 주눅이 든 게 틀림없다.

"그래, 대학은 가고 싶구나. 그런데 말이야. 듣도 보도 못한 대학은 안 가야 되겠지? 우리 스카이 연구소에서는 서연고 까지만을 대학으로 친다. 그 외의 대학을 가려면 다른 컨설팅 업체를 찾아가. 나는 질 떨어지게 다른 대학을 취급하지 않거든. 이해했니?"

"네."

"너, 중1이잖아. 중학생 때 드라마틱한 성적 역전이 가능하다고 생각하니? 네가 공부해서 성적 올릴 때 최상위권 애들은 단체로 겨울잠 잔대? 그 애들보다 열 배, 스무 배 노력하는 수밖에 없어. 그런데 너, 아홉 시간 잔다며? 요즘은 어린애들도 그렇게 대책 없이 잠자는 법 없어. 그럼, 너 환자야? 어디 아파?"

엄마는 계속해서 공부에 걸신이 들린 미친 교주처럼 말했다. 엄마에게 종교는 서울대다.

'진짜 환자는 엄마야.'

저런 사람이 나를 낳은 엄마라는 사실이 끔찍했다.

"정원이 너를 위한 계획서다. 어머님도 같이 보세요. 이제부터 어머님의 역할이 얼마나 중요한지 깨닫고 같이 실천해야 돼요. 저희는 교육 컨설팅 업계 1위예요. 저희를 믿고 무조건 따르시면 됩니다. 아이가 무너진다고 엄마까지 약해지면 끝이에요. 철저히 관리하셔야 해요."

"네, 잘 알겠습니다. 끝까지 해 볼게요. 저는 대표님만 믿겠습니다."

"좋습니다. 자, 그럼 정원아, 이제 너를 위한 계획을 살펴볼까? 우리 연구소 기상 알림 담당자의 전화를 받자마자 너의 하루가 시작된다. 기억해. 기상 시간은 오전 5시다."

"헐, 새벽 5시라는 말이에요? 그렇게 일찍부터 뭘 해요?"

화들짝 놀란 아이의 목소리가 들려왔다.

아이의 반응에 한심해할 엄마의 모습이 눈앞에 그려졌다. 하지만 일일이 대꾸할 필요도 없을 테니 무시할 게 분명하다.

"일어나서 곧바로 뜨거운 물에 샤워하고, 학교 가기 전까지 두 시간 동안 수학 문제를 푼다. 그때는 서울대 재학 중인 멘토가 너희 집에 가서 널 도와줄 거야. 멘토는 새끼 과외 선생이라고 생각하면 된다. 새끼 과외라고 들어 봤지? 너처럼 수학 점수가 바닥인 애들이 진짜 과외 수업을 효율적으로 듣기 위해서 미리 하는 공부를 말한다."

"그럼 과외를 한 과목당 두 개씩 한다는 말이에요?"

"영어나 수학은 그래야겠지? 넌 기초가 없잖니. 아, 그리고 너를 가르칠 과외 선생님들에 대한 의구심 같은 건 필요 없어. 서울대 출신의 경력 20년이 넘는 이 바닥 최고의 강사진들로만 구성했으니까 안심해도 돼."

"당연하죠. 대표님께서 어련히 알아서 선생님들을 초빙하셨겠어요."

아이 어머니는 중간중간 끼어들며 엄마의 의견에 맞장구를 쳤다.

"학교 끝나고 집에 오면 요일별로 국어, 영어, 수학 담당 선생님들이 네 수업을 전담하실 거다. 9시까지 주요 과목 수업이 일단락되면 사회, 과학, 역사와 중국어, 논술과 토론을 진행할 거야. 그럼 너는 11시부터 선생님들이 내준 과제와 복습을 하면 되겠지. 네가 빨리 끝낼수록 취침 시간은 앞당겨질 수 있어. 운 좋으면 새벽 1시에 잘 수도 있겠다."

"이, 이렇게 많은 수업을…… 제, 제가 어떻게 해요?"

아이는 훌쩍이며 말을 더듬었다.

엄마의 말만으로도 그 아이는 이미 질려 버린 거다. 목소리에 겁이 잔뜩 묻어 있는 그 아이가 꼭 예전의 나 같았다.

"정원아, 너 이렇게 공부하다가는 집안 망신에 골칫덩어리로 전락하게 될 거야. 네가 서울대를 나와야 서울대 나온 너희 부모님 체면도 서는 거라고. 명문대 나온 사람들끼리는 그들만의 문화가 있어. 서로 봐주고 도와주면서 끼리끼리 다 챙겨 주게 되어 있다고. 세상은 그런 거란다."

"여태까지는 그랬는지 몰라도 이제 점점 세상이 바뀔 거잖아요."

정원이는 나보다 당찬 구석이 있는 아이였다. 자기 생각 한마디 정도는 내뱉을 수 있을 정도의 자신감이 있었다.

"어머머, 애 좀 봐. 다 변해도 변하지 않는 게 있단다. 기득권을 가진 사람들은 자신들의 권리를 절대 내려놓지 않아.

그게 우리나라 사회 지도층의 모습이야. 그러니까 어떻게 해서든지 기득권을 가진 사람들 속으로 들어가야 해. 그래야만 네 인생 자체가 빛날 수 있어."

갑자기 구역질이 났다. 머리가 쪼개질 듯 아파 오더니 구토를 했다. 저녁으로 샐러드 몇 젓가락만을 먹었을 뿐인데 그걸 다 게워 냈다. 더 이상 방문에 기대 거실에서 들려오는 기괴하고도 무서운 이야기를 듣고 있을 힘이 없었다.

나는 겨우겨우 침대 속으로 기어 들어갔다. 지금 시각 밤 11시 50분. 평소 나의 취침 시간은 새벽 2시에서 3시 사이.

'지금 자면 안 되는데.'

내가 일찍 잠들면 다음 날 새벽 5시에 찬 물수건이 얼굴로 떨어진다. 상상하기도 싫을 만큼 끔찍하지만 물수건 세례를 받을지언정 지금의 몸 상태로는 도저히 책상 앞에 앉아 있을 수가 없다. 나는 침대에 누워 두 눈을 꼭 감았다.

'아줌마, 이제 난 어떻게 살아? 아줌마 없이 이 지옥을 어떻게 견뎌 내?'

눈물로 축축해진 베개를 벤 채 나는 이내 잠이 들었다.

"꺅!"

내 얼굴에 어김없이 차가운 물수건이 떨어졌다.

"아무 때나 잠을 자? 하루 계획을 못 지키면 그 뒷날이 더 고달파진다는 걸 아직도 모르니?"

아니나 다를까, 엄마가 내 앞에 서 있었다.

"너 이러다간 고3 가서 전교권이라도 유지할 수 있을 것 같아? 자사고도 과학고처럼 내신 따기 힘들다고 변명하지 마. 어떤 집단에 가도 늘 1등과 꼴등은 존재하기 마련이야. 그 1등을 네가 못 하면 남들이 다 채 간다고. 그렇게 놔둘 거야? 눈앞에서 네 자리 도둑맞을래?"

예기 불안.

엄마의 주특기이다. 아직 일어나지도 않은 상황에 대한 부정적 이야기를 끊임없이 해서 사람을 불안에 떨게 만든다. 내가 못했을 때나 잘했을 때나 상관없이 엄마는 언제나 불안을 주도했다. '너, 이것밖에 못 했냐? 너 때문에 내가 미친다. 너 이러다가는 폭삭 망할 거야.', '이번엔 잘했네. 하지만 방심하면 끝인 거 알지? 다음엔 점수 더 올려서 누구도 넘볼 수 없는 완벽한 전교 1등이 되어야 해. 다른 애들이 널 가만 두겠니? 눈에 불을 켜고 쫓아올 테지. 지금보다 훨씬 더 죽기 살기로 공부해야 된다.'

엄마가 주장하는 대로 나는 언젠가 일어날지도 모를 만약의 사태에 대비해 불안을 가슴에 내재하고 있어야 했다. 그 불안이 원동력이 되어 나를 발전시킬 거라고 엄마는 말했지만……. 내게 불안은 나를 초조하고 숨 막히게 하는 요소일 뿐 다른 어떤 것도 아니었다. 그리고 터져 나오지 못한 내 안의 불안은 차곡차곡 빈틈없이 쌓여 갔다.

영어 과외 선생이 수업을 하다 말고 내게 또 짜증을 냈다.

"너는 묻는 말에 왜 대답을 안 하니? 지난번부터 계속 나만 말하고 너는 말 한마디를 안 하잖아. 너, 뭐 문제 있냐?"

그러고 보니 아줌마가 집을 나간 후, 나는 며칠 동안이나 아무하고도 말을 하지 않았다.

"넌 어려운 거는 다 맞히면서 이런 말도 안 되게 쉬운 건 뜬금없이 틀리더라. 여기 전치사는 어디다 갖다 팔아먹었냐? 앞에 수여 동사가 있는데."

과외 선생은 황당하다는 표정을 지으며 내게 말했다.

'수여 동사?'

당연히 아는 것일 텐데 수여 동사가 뭔지 말을 꺼낼 수가 없었다. 내가 입을 열려고 하면 누군가 내 옆에 지키고 서 있다가 삭제 버튼을 눌러 말의 씨앗을 지워 버리는 것만 같았다. 과외 선생이 눈을 부라리는 바람에 더 이상 시간을 끌 수는 없었다.

"그, 그게 뭐예요?"

"그게 뭐냐니? 수여 동사가 뭐냐고 물은 거냐? 야! 너, 과외 하기 싫은 거니, 아님 나 엿 먹이는 거니? 이봐요, 수여 동사는 말이지요. 4형식 동사라고도 하는데요. 간접 목적어와……"

"아아, 그거요. 그거 알아요."

얼굴이 시뻘게진 채 큰소리치는 과외 선생의 말 몇 마디를 듣자마자 모든 게 떠올랐다. 문법책 한 권을 통째로 줄줄 읊을 수도 있을 것 같았다.

"사람인 간접 목적어와 사물인 직접 목적어를 수반하는 동사죠. 간접 목적어를 후치할 수 있는데 그럴 때는 반드시 앞에 쓰인 수여 동사에 따라서 전치사 to, for, of 등을 써야 하고요. 그렇게 되면 목적어 한 개만을 갖춘 3형식 문장이 되겠네요. 근데 제가 말도 안 되게 여기서 전치사를 왜 빼먹었을까요?"

내 말을 듣던 과외 선생의 표정이 조금 누그러졌다.

"너무 쉽다고 우습게 보니까 실수하는 거야. 그게 바로 점수로 직결된다고. 그러니까 수업에 집중을 해. 다음부터는 물어보면 바로바로 대답하고. 제발 알아서 좀 잘 하자."

과외 선생의 부탁 겸 채근을 들었지만 나는 그 후 몇 번의 수업에서도 역시나 대답을 못 했다. 그러다가 과외 선생이 성질을 내며 힌트를 주면 그제야 답이 번쩍 떠올라 술술 풀어 낼 수 있었다.

언제부터인지 공부할 때 뭔가를 떠올리려고 하면 깜깜한 어둠 속에 홀로 갇힌 것처럼 기억이 나지 않았다. 머릿속의 뇌가 작동을 멈춘 듯한 그 순간, 누군가가 던져 주는 단어 하나라도 듣게 되면 봇물 터지듯 기억의 물살이 휩쓸려 나와 모든 것을 말할 수 있었다. 나에게 찾아온 이 치명적인 문제점으로 인해 내 성적은 앞으로도 계속해서 떨어지게 될 것이란 예감이 들었다. 그리고 예감은 적중했다.

국어 시간에 모의고사 대비 연습용 시험을 치를 때였다. 긴 지문을 읽고 또 읽어도 무슨 말인지 알 수가 없었다. 10번 문제의 선택지 다섯 개에 적혀 있는 행정 쟁송, 행정 구제 제도, 행정상 손해 배상, 행정 심판 등을 읽어도 무슨 뜻인지 이해가 되지 않았다. 나는 '행정'이라는 기본 단어의 뜻을 떠올릴 수 없었다. 행정이 뭔지 모르니 행정과 관련된 다른 단어들은 그저 눈앞의 아지랑이처럼 낱글자로 읽을 수만 있을 뿐이었다. 나는 할 수 있는 모든 방법을 동원해 의미를 알아내려 했으나 결국 실패하고 말았다. 막힌 문제를 해결하지 못한 나는 10번 문제에서부터 마지막 문제까지 손도 대지 못한 채 책상에 엎드려 버렸다.

국어 선생님뿐 아니라 담임 선생님까지 난리가 났다. 연습용이었으니 망정이지 실제 모의고사면 어쩔 뻔했냐는 거다. 국어 100점을 한 번도 놓친 적 없던 내가 국어 문제를 풀다 포기해 버렸으니 이게 무슨 일인지 밝히는 것도 선생님들이 해야 할 일 중 하나였다. 컨디션 난조의 이유가 뭔지, 혹시 나를 괴롭히는 아이들이라도 있는 것인지, 그래서 문제 풀이에 집중할 수 없었던 건지 담임 선생님은 집요하게 추궁했다. 하지만 나는 문제를 풀다 만 것이 아니었다. 나는 문제를 아예 풀 수 없었다.

학교에서 연락을 받은 엄마가 나를 데리고 간 곳은 대학 병원이었다. 엄마의 절친한 의사 친구 덕분에 오래 기다리지 않고 피검사와 MRI, 초음파, 뇌파 검사 등 모든 검사를 받았다.

"검사 결과 좀 최대한 빨리 나오게 해 줘."

엄마의 얼굴색이 이렇게 안 좋은 적은 없었다.

"일단 세진이는 밖에 나가서 기다릴래? 엄마랑 5분만 얘기할게."

의사 선생님은 내게 웃으며 윙크를 보냈다. 엄마랑 다르게 의사 선생님은 친절했다. 나는 밖으로 나와 진료실 옆 대기용 의자에 앉았다.

"쟤 지금 나한테 반항하느라 저러는 거지? 일부러 저러는 거야. 그렇지?"

엄마의 목소리가 진료실 문밖까지 선명하게 들려왔다.

"아니야, 결과가 나와 봐야 정확히 알겠지만 세진이 같은 증상을 가진 아이들을 몇 명 봤어. 다 아는 건데도 막상 수업 때는 대답 한마디 못 하고, 또 시험 볼 때 하나가 막히면 다른 문제들까지 손도 못 대는 아이들이 있어."

의사 선생님은 차분한 목소리로 말했다.

"공부하기 싫어서 머리 굴리는 거 아냐? 딱 보면 몰라? 너 전문가잖아."

엄마는 공부를 못 하게 될지도 모르는 나의 상황 자체를 인정할 수 없을 테니, 어떤 식으로든 다른 이유를 만들어 내야 했다.

"공부하기 싫어서 반항하는 게 아니야. 내용들이 혀끝에서 맴돌기만 하고 생각이 나지 않는 거야. 본인은 괴로워 죽겠는데, 죽어도 기억이 안 떠오르는 거지. 이런 증상을 설단 현상이라고 부르는데, 심리적인 문제라고 봐야 해."

"설단 현상? 혹시 기억 상실 같은 거야?"

"아니야, 기억 상실은 사실에 대한 기억이 결여된 것을 말하는데, 이 설단 현상은 기억에서 해당 내용이나 단어가 지워진 게 아니고 저장되어 있기는 하지만 말하는 과정 중에 장애가 발생하는 거야. 그러니까 옆에서 누군가 단서를 주면 곧장 제대로 말할 수 있어. 그런데 이런 현상은 주로 노인들한테 나타나거든. 연세 드신 분들 중에 하고 싶은 말이 입안에서 빙빙 돌면서 한 번에 톡 튀어나오지 못하는 경우가 있지. 설단 현상은 노화와 어느 정도 관계가 있다고도 하는데……."

"그럼, 세진이가 늙어서 치매에라도 걸렸다는 얘기인 거야? 대체 뭐야?"

엄마가 또다시 의사 선생님의 말을 가로채며 목소리를 높였다. 엄마에게는 의사 선생님의 자세한 설명이 귀에 들어올 리 없었다. 내가 지금 당장 책상 앞에 앉아서 공부할 수 있는 상태라고 얘기해 주지 않는 의사 선생님에게 화가 난 게 분명했다.

"너, 제발 앞서가지 좀 마. 기억은 멀쩡하지만 단지 원활하게 입 밖으로 나오지 않는 거야. 요새 공부 많이 하는 아이들 중에 이런 증세를 보이는 아이들이 몇몇 있다고 하더

라. 노화의 한 예라고 보기도 하는 설단 현상이 왜 하필 세진이 같은 아이들에게 나타날까? 계속 연구를 해 봐야 할 것 같아."

"네 얘기 듣다 보니까 결론은 우리 세진이처럼 공부 빡세게 한 애들은 빨리 늙어서 노화 현상을 겪는다는 거네. 요점은 내가 공부 많이 시켜서 애를 병들게 했다는 거잖아."

엄마가 격앙된 어조로 말했다.

"네 심정 모르는 거 아니지만 일단 마음을 가라앉혀. 세진이 같은 경우는 아이의 심리를 불안하게 하는 요소들을 제거해 주는 것부터 우선되어야 해."

의사 선생님의 단호한 말씀 뒤로 정적이 흘렀다. 엄마의 마음속이 얼마나 엉망진창일지 짐작이 되고도 남았다.

엄마는 병원을 갔다 오자마자 쓰러질 듯 휘청이며 방으로 들어가더니 다음 날이 되어서야 나왔다. 화장 안 한 엄마의 민낯을 처음 보다시피 한 나는 깜짝 놀랐다. 눈 밑의 진한 다크서클 때문인지 평소보다 더 냉정하고 매서워 보였다. 팽팽한 얼굴과는 대비되는 목주름이 눈에 거슬렸다. 아무리 성형 시술을 주기적으로 받는다고 해도 얼굴 전체에서 묻어나는 세월의 흔적은 감출 수가 없는 법인가 보다.

아줌마가 그랬었다. 어른은 결국 자기 얼굴에 책임질 나이를 맞이하게 된다고. 그리고 사람의 인상이 그 사람의 됨됨이를 드러내기도 한다고 했다. 그런 말을 해 준 아줌마의 얼굴에는 항상 따뜻한 빛이 가득했기 때문에 나는 어른들의 민낯은 아줌마와 비슷할 거라고 막연히 기대했었다. 하지만 엄마의 얼굴 그 어디에서도 내 기대에 부응해 줄 온기 같은 건 찾아볼 수 없었다. 엄마는 내가 자신의 희망을 모조리 꺾어 버렸다는 생각에만 사로잡혀 있기 때문인지 나보다도 더 힘들어 보였다. 그럼에도 출근을 늦추지는 않았다.

그날 이후 나는 운전기사 아저씨의 도움을 받으며 학교를 오갔다. 오로지 수업에만 참석했다. 과외는 올 스톱되었고, 아침 기상부터 저녁 취침까지 그 사이사이의 스케줄을 관리하는 멘토의 일정도 모두 생략되었다. 내 일상이 이만큼이나 변할 수 있는 건 거의 기적에 가까운 일이었다. 살면서 이렇게 풀어진 채로 하루하루를 보낸 적이 없었다.

병원에 다녀온 어느 날, 침대에 누워 멀뚱멀뚱 천장만 바라보고 있는데 휴대폰이 울렸다. 처음 보는 번호였다. 중단한 과외의 담당 선생이나 멘토가 전화할 리는 없다. 친구도 아니다. 나는 전화나 문자를 주고받을 정도로 친한 친구도 없다.

"!"

그렇다면 단 한 명 , 아줌마뿐이다. 휴대폰을 귀에 댔다.

"……."

아무 말이 없었다. 숨소리만 들려왔다. 나도 모르게 눈물이 흘러내렸다.

"세진아."

아줌마의 목소리에도 물기가 잔뜩 스며 있었다. 그 목소리를 듣자마자 이제껏 막혀 있던 내 안의 모든 감정들이 폭포수처럼 쏟아져 내리는 것 같았다. 나는 이불로 입을 틀어막고 흐느껴 울었다. 아줌마가 걱정할까 봐 말 한마디 할 수가 없었다.

"세진아, 미안해. 연락이 너무 늦었지? 잘 지내니?"

"……."

"우리 세진이 아줌마한테 삐져서 목소리도 안 들려주는구나. 사정이 있었어. 아줌마가 지낼 만한 곳을 먼저 찾아야 너랑 자유롭게 연락도 할 수 있을 것 같아서 그랬어."

아줌마의 울음 섞인 목소리를 들으니 이제 더는 못 참겠다는 생각뿐이었다. 아줌마를 만나야겠다고 결심했다.

"지금 어디서 살아? 문자로 주소 보내 줘."

울음을 억지로 삼키며 말했다.

"세진아, 너 무슨 일 있는 건 아니지?"

"응. 과외 중."

아줌마는 눈치가 빨라서 내게 이상이 생겼다는 것을 금세 알아차리고도 남는다. 아줌마를 걱정시키고 싶지 않았기에 직접 만나기 전까지 나에 관한 모든 것을 비밀에 부쳐 두고 싶었다.

"알았어. 아줌마가 있는 곳 문자로 알려 줄게. 너 걱정할까 봐 알려 주는 거야. 나는 잘 지내고 있어. 어서 공부해."

아줌마는 서둘러 전화를 끊었다.

문자로 보내온 주소를 보니 아줌마는 지금 인천의 한 사찰에 있는 것 같았다. 그곳에서 아줌마는 무슨 일을 하고 있을까. 힘들지는 않을까? 마음만은 편할까? 그리움이 몰려왔다.

다음 날 아침, 나는 책가방 안에 책 대신 몇 벌의 옷가지를 집어넣었다. 그리고 평상시 모아 두었던 돈도 챙겼다. 방을 나서기 전, 나는 뒤돌아 방 안을 천천히 살펴보았다. 십여 년이 넘는 세월 동안 이 공간에 갇혀서 오로지 공부만 했던 시간들이 떠올랐다.

'다시 돌아오지 않을 수도 있지만 이 방에 다시 돌아온다

고 해도 여태까지 살아온 것처럼 그렇게 살지는 않을 거야.'

나는 방문을 굳게 닫고 돌아섰다.

운전기사 아저씨가 학교 근처에 나를 내려 주었다. 나는 시야에서 차가 사라질 때까지 지켜보며 잠시 머물렀다. 그러고 나서 학교 안으로 들어가지 않고 반대 방향의 지하철 역으로 가 인천행 열차에 몸을 실었다. 아줌마가 있는 절까지 가기 위해서는 역에서 내려 또 택시를 타야 했다. 운전기사 아저씨 없이 혼자서 서울을 벗어나 낯선 곳을 찾아가는 일은 난생처음이었다. 그런데도 불안하거나 떨리기보다 자유롭다는 생각이 먼저 들었다.

택시에서 내려 절 입구로 들어갔다. 평일 오전이라 그런지 분위기가 고요했다. 절 마당 한가운데에는 석탑이 있고 마당 한쪽 끝 몇 개의 계단을 올라가면 넓은 터에 커다란 법당이 있었다. 마당을 빙 둘러싼 빽빽한 나무들은 마치 절을 포근하게 품에 안고 있는 것처럼 보였다.

그렇게 주변을 둘러보고 있을 때 저 멀리에서 누군가가 걸어오는 모습이 보였다. 아줌마가 틀림없었다. 아줌마의 걸음걸이는 원래부터 저랬다. 작은 보폭으로 늘 재빠르게 걸었다. 내가 아줌마를 부를라치면 아줌마는 예의 저 걸음걸이로 내 곁에 먼저 다가와서 항상 나를 기다려 줬었다.

나는 아줌마를 향해 뛰었다. 아줌마도 그제야 나를 알아 보고 달려왔다. 우리는 절 마당 한가운데서 끌어안았다. 나 는 아줌마 품에 안겨 아주 오랜 시간 흐느껴 울었다. 아무 말 없이 내 등을 어루만져 주는 아줌마의 눈에서도 눈물이 흘 러내렸다.

"세진아, 아줌마가 미안해. 더 빨리 연락했어야 했는데. 휴 대폰도 잃어버렸지 뭐야. 새로 만드느라 시간도 걸렸고."

나는 고개를 가로저었다. 아줌마가 내 앞에서 사라진 것 이 아줌마의 탓은 아니기 때문에 아줌마가 내게 미안해할 일은 아니다.

"그나저나 학교에 있을 시간인데 나 찾아서 여기까지 오 면 어떻게 해."

아줌마는 나를 품에서 떼어 내며 걱정스러운 눈빛으로 바 라보았다.

"그동안 나한테 일이 좀 많았어."

나는 아줌마한테 모든 걸 다 말하고 싶었다. 병원을 다닌 이후로도 단어들이 혀끝에 매달려 맴돌기만 하는 증상은 여 전했기에 나는 계속 입을 닫고 살았었다. 마치 혀가 잘려 나 가 없어져 버린 듯이. 하지만 이제는 다 털어놓고 싶어졌다. 내 얘기를 진심으로 들어 주고 이해해 줄 단 한 사람이 지금

내 앞에 있으니까.

"왜? 우리 세진이 무슨 일 있었어? 어디 아팠던 거야?"

아줌마가 이리저리 내 온몸을 살피며 물었다.

"그동안 내가 이상해졌어."

"네가 뭐가 이상하다고 그래. 그런 소리 하지 마. 내 눈엔 늘 예쁘게만 보인다."

아줌마는 그리 말하면서도 내 표정을 주의 깊게 살폈다. 그러더니 내 손을 이끌고 법당 옆 산으로 향하는 돌계단이 있는 쪽으로 갔다. 돌계단 위로 쏟아지는 햇빛이 눈부시게 아름다웠다. 햇빛 때문에 반짝이는 돌계단이, 돌이 아닌 보석처럼 보일 정도였다. 사금을 뿌려 놓은 듯한 계단의 한가운데에 아줌마와 나는 나란히 앉았다. 아줌마는 아무 말 없이 기다려 주었다. 내가 내 마음속 두려움과 슬픔을 다 쏟아 내 놓을 때까지. 나는 내게 일어난 그 모든 일들을 아줌마에게 털어놓았다.

"이제는 나한테 실력이라는 것이 있었는지조차 믿을 수 없게 되었어. 누가 옆에서 힌트를 줘야만 머리가 돌아가고 막힌 말문이 터지거든. 이런 내가 어떻게 계속 공부를 하고 대학에 갈 수 있겠어? 나는 공부에 대한 자신감을 다 잃어버렸어. 이젠 진짜 아무 쓸모도 없는 사람이 되어 버린 것 같아."

아줌마는 말없이 그저 내 손을 꼭 잡아 주었다.

"세상에 쓸모없는 사람은 없어. 그저 스스로를 쓸모없다
여기고 쓸모없이 살아가려 자신을 놓아 버리는 사람만 있지.
너의 쓸모는 너 스스로 만들어 내면 되는 거야."

"내가 정말 그럴 수 있을까?"

"당연하지. 그나저나 여기 흉터 남겠네."

아줌마가 내 손등을 쓰다듬더니 오징어튀김 할 때 덴 자
국을 보며 안타까워했다.

아줌마가 집을 나가기 전날, 내 손등에 연고를 발라 준 것
을 마지막으로 나는 상처를 그대로 내버려 두었다. 더 이상
연고를 바르거나 밴드를 붙인 적도 없었다. 물에 닿을 때마
다 쓰라렸지만 아픈 곳을 치료하고 싶지 않았다. 상처 위에
딱지가 생기면 그 즉시 뜯어내고 또 뜯어내서 결국 피를 내
고야 말았다. 나는 나를 한없이 상처 입히고 싶었고, 상처 입
힌 흔적을 평생 지닌 채 살아가고 싶었다. 겉으로 드러나는
상처라도 있어야 지금 이 순간 내가 너무 힘들고 고통스럽
다는 증거가 될 것 같았다.

"괜찮아. 나중에 없어질 거야. 근데 아줌마는 여기에서 무
슨 일을 해?"

나는 아줌마가 더 이상 내 손등을 보지 못하도록 주머니 속에 손을 집어넣었다.

"내가 할 줄 아는 게 밥하는 거 말고 뭐가 더 있겠어? 스님들께 올릴 식사를 만들고 있지. 내가 공양주 보살이야. 절에서 살림 맡아 주는 사람을 그렇게 불러."

그러고 보니 아줌마가 입은 옷도 평상복과는 달랐다. 절에서 입는 회색 빛깔의 넉넉한 상의와 통 넓은 고무줄 바지가 편안해 보였다.

"어머, 지금 몇 시지? 벌써 11시가 다 되어 가네. 세진아, 아줌마 점심 공양 준비해야 돼."

아줌마는 자리에서 벌떡 일어서더니 내 손을 붙잡아 일으켰다.

"절에서의 식사 시간은 늘 이르단다. 세진이 너, 방 안에서 빈둥빈둥 놀고 있을래, 아니면 아줌마 좀 도와줄래?"

아줌마는 나를 보며 씩 웃더니 절 뒤편에 있는 부엌으로 갔다. 예전 장난치던 아줌마 모습 그대로여서 웃음이 났다. 나는 아줌마 뒤를 졸졸 따라나섰다.

"우리 절 스님들은 세진이 너처럼 가리는 거 없이 다 잘 드셔서 반찬 만드는 게 얼마나 신나는지 몰라."

아줌마는 냉장고를 열고 각종 채소와 양념을 꺼내 분주히 움직이기 시작했다. 사실 아줌마가 가장 빛날 때는 주방 조리대 앞에서이다. 나는 찬찬히 절 부엌을 살펴보았다. 몇 주 사이 아줌마가 얼마나 쓸고 닦으며 정리를 했는지 오래된 부엌살림이지만 정갈하고 윤이 났다.

"절에서는 말이야. 일반 가정집처럼 고기나 생선 같은 재료를 못 쓰잖아. 그러니까 채소들로 그런 재료를 뛰어넘을 고소하고 담백한 맛을 내야 하는 거야. 고기가 없어도 고기 맛이 나고 생선이 없어도 생선 맛이 나는 그런 요리. 너, 그런 요리 만드는 사람 본 적 있어?"

아줌마가 의기양양한 표정을 지으며 말했다.

"그런 사람이 아줌마라는 얘기가 하고 싶은 거야?"

"그래."

아줌마가 킥킥 웃으며 말했다.

"어떻게 아줌마는 하나도 변한 게 없어?"

"사람이 변하면 쓰니? 변하는 사람은 못 쓰는 거야."

"하여튼 아줌마 잘난 척은 못 말려."

"알았으면 됐고, 세진이 너는 채소 전부 다 물에 씻어서 바구니에 담아 줘. 바쁘다, 바빠."

아줌마의 말이 떨어지자마자 나도 재빠르게 움직였다. 아줌마가 꺼내 놓은 채소들을 물속에 몽땅 집어넣었다. 차가운 물에 뽀도독 소리를 내며 호박과 가지와 오이를 씻는 이 기분, 내 몸속에 오랫동안 두껍게 쌓여 있던 묵은 감정들까지 다 씻겨 나가는 그런 기분이다. 노랗고 빨간 파프리카를 계속 보고 있자니 그 선명한 색깔들이 내 머릿속에 격려 도장을 쿵쿵 찍어 주는 것만 같았다. '나쁜 생각 하지 말기, 이 순간을 즐기기, 소중한 것만 기억하기.' 이런 도장들 말이다.

아줌마는 내가 씻어 준 채소들을 다듬다가 갑자기 뭔가 생각난 듯 하던 일을 멈추고 찬장을 뒤지기 시작했다.

"어머나, 내가 깜박하고 밀가루를 안 사다 놨네."

"진짜? 아줌마가 실수할 때도 있어?"

아줌마도 깜빡할 때가 있다는 게 신기했다. 우리 집에 있을 때는 뭔가를 잊어버린 적이 한 번도 없었기 때문이다.

"절에서 단순하게 사는 나도 이렇게 깜빡깜빡한다니까. 그러니 너처럼 공부 많이 하고 생각 많은 애들은 더 자주 깜빡깜빡할 수도 있는 거야. 마음이 편해지면 모든 게 순조로워지는 법이더라. 아줌마 말 무슨 뜻인지 알지?"

"응."

나는 고개를 끄덕였다. 아줌마 말을 들으면 늘 기운이 솟아나곤 했었다. 지금 이 순간도 그렇다.

"그나저나 가지전 부쳐야 되는데. 여기는 시내랑 떨어진

절이라서 가게가 멀어. 어쩌지?"

아줌마가 썰어 놓은 가지를 내려다보며 혀를 끌끌 찼다.

"깨 갈아 넣으면 되잖아. 깨가 물기 싹 다 흡수하지 않겠
어?"

부엌 구석에 있는, 깨가 담긴 통을 가리키며 내가 말했다.

"아이고, 세상에. 기특한 것 같으니라고. 눈썰미도 좋지.
언제 또 거기에 깨가 있는 줄 알았다니? 하나를 알려 주면
열 개를 아는 우리 세진이."

아줌마는 집에서 그랬던 것처럼 내 엉덩이를 두드려 주며
칭찬을 아끼지 않았다.

평소에 엄마 눈을 피해 아줌마와 같이 주방에서 시간을
보내며 어깨너머로 배운 요리 상식이 내게 남아 있었나 보
다. 아줌마와 함께한 그 깨알 같은 시간들이 추억이라는 이
름으로 내 안에 쌓여 나를 지탱해 준 힘이 되었음을 이제는
안다.

아줌마는 들깨와 통깨를 작은 절구에 넣고 부드럽게 빻
았다.

"자, 이 가루를 가지에 묻히는 건 누가 해야겠어? 설마, 이
걸 내가 해야겠어?"

아줌마가 미소 지으며 턱짓으로 나를 가리켰다.

"아니, 내가 해야 되겠어!"

나는 썰어 놓은 가지에 깻가루를 묻혔다. 가슴이 막 두근 거렸다. 썰어 놓은 가지가 산더미처럼 쌓여 있다면 얼마나 좋을까 하고 생각했다. 오늘 하루 종일 또 내일 하루 종일 이 일을 한다고 해도 나는 콧노래를 부르며 지치지 않고 끝까 지 해낼 자신이 있었다.

밥이 지어지는 길지 않은 시간 동안 아줌마는 그 많은 반 찬들을 뚝딱뚝딱 만들어 냈다. 풍성한 반찬들로 스님들 밥 상이 차려졌다. 오가피나물, 연근 초절임, 콩나물무침, 파래 무침, 잡채, 가지전 등등.

스님들께 점심 공양을 올리고 아줌마와 나도 방에 들어와 식사를 했다. 아줌마가 만든 반찬은 역시나 맛있었다. 입안 에서 살살 녹았다. 아줌마가 해 준 밥과 반찬을 먹지 못한 지 난 몇 주를 생각하면 억울해서라도 더 많이 먹어야겠다고 생각했다. 나는 내가 구운 가지전을 한 입 먹었다.

"어?"

아줌마 말대로 가지전에서 고기 맛이 나는 것 같아서 놀 랐다.

"세진아, 아줌마 말이 맞지? 고기가 없어도 고기가 있는 것처럼 맛 낼 수 있다고 했잖아."

"응. 진짜 그러네."

"생선이 없어도 생선 있는 것처럼 맛 낼 수 있고."

"응. 진짜 희한하다."

나는 대답하면서도 계속 밥을 먹었다.

"설마 고기도 안 들어 있고 생선도 없는데, 고기 맛이 나고 생선 맛이 나겠니?"

아줌마 말에 그제야 밥을 먹다가 멈추고 고개를 들었다.

"무슨 말이 하고 싶은 거야?"

"고기 맛, 생선 맛보다 더 맛있는 맛도 세상에는 많다는 거지. 그리고 그 맛을 네 혀가 지금 알아챘잖아."

아줌마의 눈이 반짝거렸다. 그 눈빛에는 모든 게 다 잘될 테니 걱정하지 말라는 뜻이 담겨 있었다.

기득권을 가진 사회 지도층 속에 자리 잡아야만 존재를 빛낼 수 있다던 엄마의 말은 틀렸다. 나는 지금, 그 어떤 기득권도 가지지 않은 아줌마가 얼마나 눈부시게 빛이 나는지 내 눈으로 똑똑히 보고 있다. 정말로 세상에는 내가 모르는 여러 가지 맛이 있을지도 모른다. 빛나는 아줌마가 해 준 조언이니 이제 내겐 믿고 따를 일만 남았다.

상상 철물

'이렇게까지 묵직해졌으니 한동안은 몸이 뜨지 않겠지?'

지빈의 손이 자꾸만 교복 윗도리 허리께로 갔다.

조회 시간인데 교실 앞문이 열리며 담임 대신 반장이 들어왔다.

"담임, 1교시 수업 조금 늦게 들어온대. 난 다시 교무실 가봐야 되니까 조용히들 해. 담임 폐경 왔나 봐. 히스테리 초절정, 완전 저기압이야."

반장은 그렇게 말하고는 교실에서 나갔다.

담임은 자기 수업인 윤리가 1교시인 날엔 종종 조회를 생략하기도 했다. 기분이 안 좋을 때 그런 식으로 내색을 하면 반 분위기는 한순간 살얼음판으로 변했고, 아이들은 최대한 몸을 낮췄다. 담임의 히스테리를 익히 알고 있는 아이들은 그렇게 무사히 하루가 지나가기를 바랐다.

지빈은 교복 매무새를 다듬는 척하면서 배와 허리를 만져 보았다. 배와 허리를 둘둘 감싸 맨 천 안에는 휴대폰 크기의 납작한 쇳덩어리 여섯 개가 들어 있다. 쇳덩어리가 두 개였을 때는 교복 양쪽 주머니에 넣어 올 수 있었지만 오늘처럼 여섯 개나 되면 얘기가 달라진다. 세 개씩 나누어서 주머니에 넣는다고 해도 주머니가 축 처지다 못해 찢어질 수도 있기 때문이다.

영화 속 남장 여자들이 가슴을 붕대로 칭칭 감아 매듯 지빈은 허리를 그렇게 매었다. 안정감 있게 잘 묶였다. 쇳덩어리와 하나 되어 지빈의 허리에 감긴 기다란 천은 품이 넉넉한 교복 덕분에 겉으로는 절대 표가 나지 않았다. 다시 생각해 봐도 좋은 선택이었다. 요즘같이 재수가 없을 때 헐렁한 교복은 지빈에게 구세주나 다름없었다. 때아니게 엄마에게 고마운 마음까지 들자 코웃음이 났다.

'아 참, 별게 다 고맙네.'

고등학교 입학할 때 몸에 딱 맞는 교복을 사 달라고 노래를 불렀지만 엄마는 내리 3년을 입으려면 무조건 여유가 있어야 한다며 두 치수나 큰 교복을 사 줬다. 교복에 대한 엄마의 생각은 어찌 그리도 변함이 없는지 중학교 때나 고등학교 때나 매한가지였다. 2학년에 올라와 갑자기 몸이 확 불어나면서 한 치수를 따라잡았기에 망정이지, 그도 아니었으면 아이들에게 지금껏 놀림받고 있었을 것이다.

딸의 외모나 스타일을 함께 고민하는 세련된 감각의 중년 여성이 엄마가 되는 행운 따위는 지빈의 몫이 아니었다. 그러나 지금 이 순간 그런 행운이 자신을 외면하며 스쳐 지나간 게 다행이라는 생각이 들었다. 세련된 엄마였으면 큰 교복 따윈 사 주지 않았을 것이고, 그랬다면 쇳덩어리를 숨길 적당한 곳을 발견하지 못해 낭패를 겪었을 테니 말이다. 자신을 비켜 간 행운을 다행이라 부를 정도로 요즘 지빈의 일상은 전혀 다행스럽지가 않았다.

얼마 전부터 이상하게 몸이 앞뒤로 흔들리더니 붕 뜨는 것 같은 느낌이 들었는데, 그건 느낌이 아니라 실제로 일어나는 일이었다. 하루 종일 그런 증상에 시달린다면 병원에라도 가 볼 텐데 불현듯 나타났다가 어느 정도 지속되고 나면 사라졌다. 몸이 휘청하고 기우뚱하면서 발이 바닥에 닿지 않으니 순간 어지럼증에 시달렸다. 잠시 어지러운 것만 빼면 그다지 불편한 것은 없었다.

몸에 이상이 생긴 것보다 지빈을 더욱 걱정스럽게 하는

것은 따로 있었다. 그건 바로 몇 주째 계속되고 있는 반 아이들의 태도였다.

"우리끼리 얘기하던 중이었는데…… 미안."

이런 식의 완곡한 표현을 쓰는 아이들도 있었지만,

"네가 끼는 건 별로야."

"모둠별 과제는 우리가 할 테니까 넌 그냥 좀 빠져 줄래?"

이렇게 대놓고 지빈을 배척하는 아이들도 있었다.

한 달 전까지만 해도 아이들의 이 같은 태도는 상상할 수조차 없었다. 지빈은 반에서 아이들의 이런저런 얘기를 가장 잘 들어 주던 아이였다. 아이들은 자신의 속을 터놓고 의견을 구해도 소문날까 염려할 필요가 없는 지빈의 무거운 입을 믿었다. 지빈은 아이들 사이에서 신뢰도 높은 상담사였던 셈이다. 그사이 약간의 불미스러운 사건이 있기는 했지만 아이들은 모두 지빈의 진심을 믿어 주는 듯했다.

그런데 어느 날부터인가 갑자기 반 아이들 모두가 지빈에게서 등을 돌렸다. 한 명도 빼놓지 않고 전부 다. 마치 기다렸다는 듯 아이들은 지빈에게 말 한마디, 인사 한 번 하지 않았다. 그러고 나서는 모두가 차츰차츰 지빈을 피하고 뒤에서 수군대기 시작했다. 영문도 모른 채 아이들에게 따돌림과 비난을 받는 것만큼 답답한 일은 없었다. 그런 와중에 몸까지 이상하다는 사실이 들통나기라도 하면 아이들과의 관계 회복은 사실상 불가능해질 것이다. 지빈은 어떻게 해서든지 누가 알아차리기 전에 몸을 정상으로 돌려놓고, 아이들이 자신을 왜 따돌리는지에 대해 이유를 알아내겠다고 생각했다. 그럭저럭 별 탈 없이 지내 오던 학교생활로 돌아갈 수 있다면, 또 몸이 정상으로 돌아올 수 있다면 쇳덩어리 여섯 개보다 더한 것이라도 지니고 다닐 용의가 있었다.

치맛단에 붙어 있는 실밥이 눈에 들어와 손으로 뜯어서 바닥에 버릴 때였다. 마침 지나가던 성혜의 치맛자락에 실밥이 옮겨 붙고 말았다. 실밥 한 올은 때로 예상치 못한 상황을 연출해 내기도 한다.

"야, 박지빈. 너 진짜 또라이 짓 한다. 그러지 마세요, 박쥐 같은 쥐빈 양?"

성혜가 실밥을 떼어 내 지빈의 어깨에 도로 붙이며 말했다. 마지막에 뱉은 '박쥐 같은 쥐빈 양'에서 반 아이들 몇 명이 푸핫 하고 웃음을 터트렸다.

'박쥐? 내가 이젠 박쥐가 된 거야?'

아이들의 머릿속에 지빈은 박지빈에서 박쥐빈으로, 멀쩡한 인간에서 얍삽함의 상징인 박쥐로 콱 박혀 버린 모양이었다. 어느 날은 들짐승 편에 들러붙었다가 또 다른 날은 날

짐승 편에 눌어붙는 잔망을 부리는 바람에 어느 그룹에도 낄 수 없었던 불운한 짐승, 박쥐. 불운과 불온이 일맥상통함을 박쥐만큼 잘 보여 준 짐승은 지구상에 또 없다. 박쥐는 의리 따위는 모르는, 옳지 않은 짐승의 대명사가 되어 버렸다. 누구의 눈에도 온당치 못한 짐승인 것이다.

'내가 정말 박쥐 같았나?'

지빈은 속으로 물었다.

그저 명일여고 2학년 5반의 상담사로 불리며 이 아이의 고민, 저 아이의 고민을 들은 후 성심껏 대답하고 위로해 준 적밖에 없는데. 이제 와서 아이들은 모두의 고민을 들어 준 지빈의 귀와 모두에게 따뜻한 말을 건넨 지빈의 입이 박쥐의 그것들과 똑 닮았다며 손가락질해 댔다.

새카맣고 징그러운 눈알을 지닌 채 컴컴한 동굴 속 천장에 거꾸로 매달린 박쥐를 본 적 있는가? 날카롭게 돋은 발톱과 앙상한 뼈다귀에 매달린 커다랗고 혐오스러운 날개를 본 적은? 삐쭉한 두 귀며 튀어나온 주둥이는 또 어떤가?

어렸을 적, 시골 할머니 집 처마에 매달려 있던 박쥐와 눈이 마주쳐 혼비백산한 뒤부터 책에서라도 박쥐 그림을 보면 그 책장을 잡아 뜯어 버려야만 직성이 풀리던 지빈이었다. 그러나 지빈이 박쥐를 그 정도로 싫어한다는 것을 같은 반 아이들은 몰랐다.

'몰랐기 때문에 나를 박쥐라고 쉽게 부르는 걸까? 만약 내가 박쥐 혐오자라는 걸 아이들이 알았다면 나를 박쥐로 부르지 않았을까? 아니면 더 집요하게 불러 댔을까?'

요즘 들어 지빈을 대하는 아이들의 태도로 봐서는 '박쥐를 싫어한다고? 오예! 잘됐네.' 하며 살아 있는 박쥐를 잡아다가 지빈 앞에 대령하고도 남을 것 같았다. 생각만으로도 몸서리가 쳐졌다. 그렇게 끔찍한 박쥐가 자신의 어엿한 별명이 되어 버리다니. 지빈은 제정신일 수가 없었다.

박쥐로 불리게 된 이유가 뭘까 하고 머릿속을 이 잡듯 뒤져서 잡아낸 짐작 하나. 굳이 빌미가 되었다면 '그 일'뿐, 그밖에 다른 건 없었다.

한 달 전쯤 민주가 지빈의 자리에 찾아왔다. 민주는 중학교 때도 두 번이나 같은 반이었기에 서로 마음이 잘 통하는 친구였다. 수시로 지빈에게 고민을 들어 달라고 먼저 말을 걸어왔다. 그날도 그랬다.

"학원 다니면서 만난 앤데 나한테 자꾸 문자를 보내는 거야. 그러더니 사귀재. 처음에 난 그런 애가 같은 교실에 있는 줄도 몰랐지. 모르는 번호로 계속 문자가 와서 스팸 처리 할까 하다가 그냥 받았어. 문자가 아주 웃겼거든. 그리고 날 오랫동안 지켜본 티도 났고."

민주는 자기에게 관심을 보이는 남자애 얘기를 꺼냈다. 말하는 동안 두 볼이 불그스름하게 물드는 것만 봐도 민주 역시 남자애한테 관심이 있는 거였다.

"헐, 이민주 너 한 인기 한다. 학원 다니면서 공부랑 남자 둘 다 건진 거야? 부럽다."

학원 하나 다닐 형편이 안 되는 지빈의 입장에서 '학원'에서 만난 '남자애'라는 단어가 피부에 썩 와 닿지 않았다. 뭐랄까? 그 단어의 조합은 지빈에게 높은 선반 위에 놓인 건빵 봉지를 연상케 했다. 학원이 건조하고 팍팍한 건빵이라면 남자애는 하얗고 달콤한 별사탕쯤 될까? 어차피 손에 닿을 수도 없는 높은 선반에 놓인 건빵 봉지를 욕심낸 적도, 아쉬워하거나 속상해한 적도 없었다. 그냥 다들 사는 방식이 다르다고 생각하며 넘겼다. 다른 사람들처럼 살지 못하는 걸 심각하게 여기는 순간 삶은 골치 아파진다. 처한 환경을 일찍 깨달은 지빈은 다른 사람들의 삶과 자신의 삶을 분리해서 바라보기 위해 애를 썼다. 타인의 삶을 손이 닿지 않는 선반 위에 올려놓음으로써 부러움과 시기, 질투의 감정으로부터 자유로워졌다. 그러다 보니 자신의 능력으로 해결 안 되는

부분을 전전긍긍하는 짓 따위도 하지 않게 되었다. 대신 아이들의 입을 통해 듣는 그들만의 세상에서 많은 간접 경험과 대리 만족을 하며 지냈다. 상담하면서 얻게 된 수확인 셈이다.

"내가 개를 만나도 될까? 성적 떨어질까 봐 고민돼."

"그럼 개만 안 만나면 네 성적이 쑥쑥 오를 거 같아? 난 네 성적까진 자세히 모르니까. 앞으로 쑥쑥 오를 가능성이 있는지 네게 묻는 거야."

지빈이 아이들과 이야기하면서 깨닫게 된 게 있다. 성적과 남자 둘 다 고민하는 아이들한테 남자 만나지 말고 공부하라고 말하는 건 충고도 위로도 뭣도 아니라는 거다. 일단 열심히 공부해야 하는 고딩 2학년이 '남자' 이야기를 꺼낸다는 것 자체가 공부도 중요하지만 남자도 포기할 수 없다는 감정이 깔려 있다는 뜻이니까. 남자를 쉽게 포기할 수 있는 애들은 공부와 남자를 한 저울에 올려놓고 가늠하지 않는다. 한 저울에 올려놨다는 것만으로도 공부 평계로 남자를 포기하고 싶지 않다는 뜻인 거다. 그건 주변에서 뜯어말린다고 해서 멈출 수 있는 감정이 아니다. 그저 공부도 잡고, 남자도 잡고. 두 마리 토끼를 한꺼번에 잡을 수 있는 능력자가 되어 보라고, 그럴 수 있을 거라고 불가능한 축복을 선사하는 편이 좋다. 드물기는 해도 그런 능력자들이 아주 없는 것도 아니니까 말이다.

"휴, 내 성적? 내가 학원 12시까지 다닌다고 1등 하겠냐? 그냥 밤낮 이 수준이겠지."

한참을 고민하던 민주는 성적 올리고 싶은 마음보다 자신에게 관심을 보이며 접근하는 남자애를 놓치고 싶지 않은 마음을 이렇게 표현했다. 이 와중에 남자애 만나지 말고 공부하라는 건 민주가 원하는 상담사의 자세가 아니다.

지빈은 늘 아이들이 듣기 좋아하는 말을 해 주었다. 어차피 아이들이 지빈에게 상담을 원하는 건 지빈이 대단한 상담사여서가 아니었다. 지빈이 어줍지 않은 충고 따위로 자신들의 생각과 마음을 흔들어 대지 않기 때문이었다. '네가 틀렸네.', '왜 그런 짓을 했어?', '미쳤어. 정신 차려. 지금이 그럴 때야?' 그런 말은 아이들 주변의 99퍼센트의 사람들이 입에 달고 사는 말이다. 아이들은 1퍼센트의 다른 대답을 원했다. '하기 싫으면 안 해도 돼.', '네 맘대로 해도 돼.', '당근 하고 싶은 대로 해야지.' 이런 유의, 자신들이 듣고 싶은 대답을 해 줄 단 한 명의 지지자를 필요로 했다. 아이들은 다른 누군가의 입을 통해 자신의 생각이나 행동에 정당성을 부여받고 싶을 뿐이었다. 그걸 지빈은 정확하게 알고 있었다.

"민주 네가 마음에 들어 할 남자애면 괜찮은 애겠지. 안 그러냐?"

"지빈이 네 생각도 그렇지? 맞아. 애가 매너가 무지 좋아."

"그렇게 매너 좋은 애를 놓치는 건 완전 똥 매너겠는데?"

지빈의 대꾸가 마음에 들었는지 민주의 얼굴이 환하게 밝아졌다.

"내 말이 그 말이라니까. 그 남자애 놓치면 안 되겠지?"

"당연하지. 그런 좋은 기회가 자주 오겠냐?"

"그럼, 나 개랑 사귄다. 다음에 너한테도 보여 줄게."

"오케이. 깨지지 말고, 누구한테 뺏기지도 말고 잘 만나."

지빈은 민주의 어깨를 두드리며 응원해 주었다.

며칠 후, 점심 식사를 마친 지빈에게 명희가 다가왔다. 명희는 다른 아이들과 달리 얌전하고 조용해서 있는 듯 없는 듯 한 아이였다. 지빈과 이야기를 나눈 것도 그때가 처음이었다. 뭔가 불안해 보이는 표정으로 앉자마자 한숨부터 쉬는 모습이 예사롭지 않긴 했다.

"너는…… 너의 소중한 걸 누가 빼앗아 가려고 하면 어떻게 하겠니?"

자신의 얘기를 꺼내기도 전에 다짜고짜 질문부터 던지는

아이들의 대부분은 지빈으로부터 강한 동조를 얻어 내려는 마음이 큰 거다. 지빈은 맞장구치는 데에는 일가견이 있었다. 아이들이 원하는 대답을 바로 들려줄 수 있을 때, 아이들도 지빈도 가장 행복했다.

"죽어도 못 빼앗아 가게 해야지. 내 걸 왜 뺏겨?"

"그렇지? 너도 그렇게 생각하지?"

"당연하지. 왜? 누가 네 거 뺏으려고 해? 어떤 걸? 휴대폰? 돈? 그거 학교 폭력인데 학생부에 가야 하는 거 아냐?"

지빈이 명희를 걱정스레 바라보며 물었다. 만약 누군가에게 명희가 괴롭힘을 당하는 상황이라면 지빈이 해야 할 일은 상담이 아닌 신고가 먼저일 테니까.

"아니, 휴대폰이나 돈이면 그냥 주고 말겠어. 근데 내 남친을 어떤 년이 홀리는 중이야."

명희의 눈에 불꽃이 이글거렸다.

"어머, 진짜? 여친 있다는 걸 뻔히 알면서도 그런 짓을 하는 간 큰 애가 있어?"

"그래. 여우 같은 계집애가 내 남친한테 꼬리를 치는 거야. 내가 둘이 주고받은 문자도 죄다 폰으로 찍어 놨거든. 온갖 끼를 다 부리고 쌩쇼를 떨어 놨더라고. 내 남친이 정신을 못 차릴 정도로. 그런데 이걸 터뜨리냐 마냐가 문제인 거야. 그래서 너한테 물으러 왔어."

제대로 독이 오른 명희의 얼굴이 무서워 보였다. 마음을
진정시키는 게 우선이라고 생각한 지빈은 명희의 손을 잡아
주었다. 그러나 이내 명희가 손을 빼냈다. 이렇게 화가 나서
스스로 제어가 안 되는 경우엔 다른 방법이 없다. 명희가 원
하는 게 무엇인지 알아내서 천천히 다가가도록 유도하는 수
밖에.

"어떻게 터뜨리고 싶은데? 네 남친 가로챘다고 여기저기
소문이라도 낼 거야? 아니면 여자애한테 따지기라도 할 거
야?"

"아니, 그 년을…… 죽일 거야."

명희의 입꼬리가 쓰윽 올라갔다.

명희의 표정을 본 지빈은 오싹해졌다. 얌전한 아이의 입
에서 나올 얘기가 아니기도 했지만 명희가 풍기는 분위기가
음침했기 때문이었다.

"명희야, 진정해. 네가 흥분을 많이 했나 봐."

"야! 박지빈."

"응, 말해."

"너는 내가 원하는 대답만 해 주면 되는 거야. 네가 뭐라
고 이래라저래라 깝치는데?"

"뭐? 윤명희, 너 말이 너무 심하다."

지빈은 명희가 엉뚱한 데 와서 화풀이한다는 생각에 비위가 뒤틀렸다.

"그러니까 박지빈! 그년을 죽여, 말어?"

"너, 왜 이래? 제정신이야? 그런 걸 왜 나한테 물어?"

"그럼 너한테 묻지 누구한테 물어. 네가 이민주한테 내 남친 뺏으라고 한 것처럼, 나한테는 이민주 죽이라고 한마디만 하면 되잖아."

명희는 자기 할 말을 하고는 손에 가방을 든 채 창가 쪽으로 걸어갔다.

"뭐? 야, 그게 무슨 말이야?"

지빈이 명희 뒤를 눈으로 쫓는데 순간, 명희는 창가에 앉아 있는 민주에게로 돌진했다. 그러더니 온몸의 체중을 실어 가방으로 민주를 사정없이 후려치기 시작했다.

"악!"

비명 소리에 애들이 달려들어 명희를 말렸지만 민주는 맞을 만큼 다 맞은 후였다.

"야, 너 미쳤어?"

볼을 감싸 쥔 민주의 손가락 틈으로 얼핏 피가 비쳤다. 눈가가 찢어지고 얼굴과 머리 꼴은 말이 아니었다.

"이 거지 같은 게 어디서 남의 남친한테 꼬리를 쳐? 죽고 싶어 환장했어?"

명희가 가방을 든 채 씩씩댔다.

교실에 있던 아이들은 명희와 민주 주위를 동그랗게 에워쌌다. 지빈은 그 사이를 뚫고 들어가 둘을 말렸다.

"명희야, 이게 무슨 짓이야?"

"박지빈! 네가 제일 나쁜 년이야. 네가 뭔데 남의 연애에 끼어들어서 꼴값 질이야?"

"나는 몰랐어. 민주가 사귀려는 남자애가 네 남친인 줄 어떻게 알았겠니?"

매너가 철철 넘쳐흐르는 남자애라더니……. 민주의 말을 믿은 게 죄라면 죄였다. 명희와 민주 사이에서 양다리를 걸친 그놈이 죽일 놈인데 애꿎게도 원망의 화살은 지빈에게 향하고 있었다.

"이러니까 범수가 널 싫어하는 거야. 완전 미친 개또라이, 재수 없는 관종아! 스토커처럼 죽도록 따라붙으니까 너한테 정나미고 뭐고 다 떨어졌대. 범수가 너 경찰서에 신고한다더라. 알아?"

열 받은 민주가 명희에게 소리쳤다.

그 말을 들은 명희는 한참 동안 이를 갈며 민주를 노려봤다. 곧 두 눈 가득 눈물이 차올랐고 명희는 울부짖으며 교실을 뛰쳐나갔다.

아이들은 점심 식사 후 5분 남짓의 막장 드라마를 관람하고는 멘붕 상태가 되어 각자의 자리로 돌아갔다. 며칠 동안은 민주와 명희의 사건이 아이들 사이에 톱뉴스가 될 터였다. 지빈은 민주를 데리고 보건실로 갔다.

"많이 찢어졌으면 어떻게 하나?"

명희 때문에 놀란 건 지빈도 마찬가지였지만 민주의 상태가 걱정스러웠다.

"명희 쟤 원래 사이코야. 저런 애는 정신병원 들어가야 돼. 상태가 중증이라니까."

민주는 분이 안 풀리는지 계속 구시렁댔다.

"명희도 그 남자애를 많이 좋아했나 봐. 그러니까 저러는 거겠지."

"그게 좋아하는 거니? 그건 집착이야, 집착. 정신병."

"너도 진정해. 그래도 그 남자애가 나쁜 놈이잖아. 명희랑 완전히 끝내지도 않고 너랑 시작한다는 게 말이 돼?"

"야, 박지빈. 너 말조심해. 네가 뭔데 남의 남친한테 나쁜 놈이니 뭐니 그러냐?"

보건실을 향하던 민주가 우뚝 멈춰 서더니 다짜고짜 화를 냈다.

"이민주, 너 왜 그래? 정신 차려. 명희도 상처받은 거 같은데 잘 얘기해서 풀면 될 일을 왜 그렇게 화를 내니?"

"잘 풀긴 뭘 풀어? 그럼 내 남친을 명희한테 넘기라는 거야, 뭐야? 걔는 명희가 너무 싫다잖아. 말만 들어도 오바이트 쏠린다잖아."

"그건 걔네 둘이 해결할 일이고."

"그걸 왜 걔네 둘이 해결해야 되는데? 내가 이제 범수의 여친이라고. 명희는 미친년이라서 말 상대가 안 돼. 넌 알지도 못하면서 왜 끼어드는데?"

민주가 버럭 소리치며 지빈을 밀쳤다.

"야, 이민주, 너도 참 너무한다. 네 편 들어 주다가 나도 명희한테 봉변당했어. 그래도 친구끼리 그러면 안 되잖아. 서로 이해하려고 노력해야 하는 거 아냐?"

"아, 졸라 재수 없어. 야! 애들이 너한테 이런저런 얘기 하니까 네가 무슨 진짜 상담사라도 되는 줄 착각하는 거야? 너 완전 웃긴다. 넌 애들한테 라이벌도 뭣도 아니거든. 그래서 애들이 너한테 아무 소리나 지껄이는 거야. 뭘 좀 알고나 까불어."

민주는 지빈을 복도에 남겨 둔 채 보건실로 들어가 버렸다.

'내가 지금 무슨 꼴을 당하고 있는 거야?'

지빈은 멍하니 제자리에 서 있었다. 한참이 지나도 민주는 보건실에서 나오지 않았다. 치료를 끝내고 보건실 침대에서 잠을 자는 모양이었다. 수업이 끝날 때까지 교실에서 민주를 볼 수 없었다.

다음 날 지빈은 민주나 명희를 어떻게 마주해야 하나 고민하며 학교에 갔다. 조회 시간에 본 담임의 얼굴은 폭발 직전의 시한폭탄 같았다. 어제 일이 담임 귀에까지 들어갔구나 생각하는 찰라,

"명희랑 싸운 게 누구니? 이민주, 박지빈 둘뿐이야? 또 없어?"

아이들은 다른 관련자를 찾아 주변을 분주히 둘러보았다.

"하라는 공부는 안 하고 연애질에 쌈박질에 잘 한다. 명희는 병원에 입원 중이란다. 어제 학교 뛰쳐나가다가 오토바이에 치였다더라."

담임의 말이 끝나자마자 아이들은 놀라며 웅성댔다. 싸움의 끝이 오토바이 사고라니. 막장 드라마의 결말다웠다.

"아, 진짜 머리 아파. 반장이랑 부반장, 너희들은 수업 끝나고 이민주, 박지빈 데리고 병문안 갔다 와. 나는 또 해결해야 할 일이 있어서. 잘난 누구 때문에."

담임이 도끼눈을 뜨며 지빈을 쳐다봤다. 지빈은 그 눈총을 고스란히 받으면서도 설마 '잘난 누구'가 자신일 리는 없다고 확신했다. 지빈은 여태껏 어느 누구와도 싸움 한 번 한 적이 없었다. 담임이 그저 명희랑 민주 사이에 낀 지빈을 한데 묶어서 연관 짓는 것일 뿐이라고 생각했다.

담임이 나가자 아이들은 어제의 일로 웅성거렸다.

"아이, 짜증 나. 야, 니들끼리 싸웠는데 왜 우리가 병문안을 가야 돼? 그냥 너희 둘이 갔다 와."

반장이 민주와 지빈을 번갈아 보며 신경질을 냈다.

"맞아. 싸운 당사자들끼리 만나면 되는 거 아냐? 기말고사가 당장 코앞인데 이딴 일에 신경 써야 되겠냐고."

반장이 발을 빼자 부반장도 덩달아 내뺐다. 반장도 안 하는 일을 부반장인 자기가 덤터기 쓸 하등의 이유가 없다는 듯이. 민주의 얼굴이 일그러졌다. 민주는 쥐고 있던 펜을 책상 위로 거칠게 내던지고는 교실 밖으로 나갔다.

지빈은 자기가 이 일에 연루된 것이 억울하지는 않았다. 민주와 명희의 말을 들어 준 것이 지빈 자신이니까. 하지만 일이 나쁘게 흘러간 건 아무리 생각해 봐도 자신의 탓은 아닌 것 같았다. 지빈이 세 명의 관계를 미리 알고 민주를 부추긴 것도 아니고, 명희의 폭주를 사주한 것도 아니니까. 자신의 잘못은 아니라고 결론을 내렸고 그럼 된 거라고 스스로를 다독였다.

그러나 이 상황에 대해 어느 누구의 위로 한마디도 없다는 것이 지빈은 당황스러웠다. 오랫동안 반 아이들 대부분의 속말을 들어 주었던 지빈으로서는 서운한 마음이 컸다. 지빈을 열렬히 응원해 주지는 못할망정 지빈의 편에서 '너, 무지 속상하고 억울하겠다.' 한두 마디 위로 정도는 해 줄 수도 있으련만 아이들은 약속이나 한 듯 아무 말이 없었다. 그 많은 위로와 응원의 말들을 건네고도 자신에게 돌아오는 말 한마디가 없다는 사실에 지빈은 온몸의 힘이 빠져 버리는 듯했다. 결국 며칠을 결석해야 할 정도로 심하게 몸살을 앓고 말았다.

다시 학교에 나갔을 때 지빈은 아이들이 이 일을 거의 잊어버렸을 거라고 생각했다. 좋은 일도 아닌 걸 굳이 입 밖에 꺼내 긁어 부스럼을 만들 필요는 없으니까 지빈도 내색하지 않았다. 그런데 담임의 호출을 받고 교무실에 간 지빈은 일방적인 통고를 받아야 했다.

"어느 누구의 상담 신청도 받지 마라. 학교에 상담 선생님이 버젓이 있는데 네가 왜 상담사 코스프레를 하니?"

아파서 결석했다 나온 지빈에게 담임은 가혹했다. 말없

이 인사를 하고 돌아 나오려는 지빈을 담임이 다시 불러 세웠다.

"야! 너 말이야. 아예 애들한테 말 걸지 마. 문제 일으키지 말란 말이야. 알았니?"

애들에게 어떤 말을 걸지 말아야 하는지 담임에게 물어보지 못했다. 자신을 문제나 일으키는 학생으로 단정하는 담임한테 진실을 얘기한들 귀담아들어 줄 리 없다는 걸 지빈은 깨달았다. 담임이 비아냥거린 '잘난 누구'가 지빈 자신을 가리킨 거라는 생각이 들자 혼란스러웠다.

'이게 아닌데. 정말 이건 아닌데.'

그 후 담임 말대로 지빈은 같은 반 아이들에게 먼저 말을 건 적이 한 번도 없었다. 지빈이 다가가지 않자 아이들 역시 다가오지 않았다. 다가오지 않는 건 둘째 치고 시간이 지날수록 따돌리는 기색이 역력했다. 지빈이 공공연한 왕따가 되기까지는 며칠이 걸리지 않았다.

지빈은 아이들에게 묻고 싶었다.

'너희들, 하루가 멀다 하고 나한테 상담 신청하지 않았니? 어떻게 이래? 내가 먼저 말 걸지 못하면 너희들이 걸어 줄 수도 있잖아. 이렇게 따시켜야 되겠어?'

섭섭한 마음이 울컥 솟구치던 어느 날, '오늘은 말해야지, 말해 버려야지.' 하고 결심을 했는데 결국 할 수가 없었다. 바로 그날, 몸이 떠오르는 증상이 시작되었기 때문이었다. 아이들에게 이유를 묻고 예전처럼 지내기 위해서라도 지빈은 두 발로 땅을 단단히 디뎌야 했다. '쟤 몸이 둥둥 떠. 이상해. 괴물 같아.' 왕따로 전락한 마당에 이런 소리까지 들을 수는 없었다. 아이들 누구와도 어울리지 못하고, 발은 자꾸만 바닥에서 떠오르고, 그걸 감추느라 기를 쓰는 상태로 몇 주가 흘러 지금에 이르렀다.

지빈을 '박쥐'로 탈바꿈시킨 성혜는 아이들과 어울려 시시덕대고 있었다. 지빈은 크게 심호흡을 하고 어떤 말에도 동요치 말자고 마음을 다잡았다. 수업 시작 전 화장실에 다녀오려고 복도를 나서면서 지빈은 다시 한번 교복 허리춤을 매만졌다. 허리에 단단히 동여맨 여섯 개의 쇳덩어리를 믿기로 했다. 그런데 그 순간 지빈은 자신의 몸이 또다시 좌우로 흔들리더니 앞으로 기울어진 채 서서히 떠오르려는 것을 느꼈다. 온몸에 식은땀이 흘렀다.

'여섯 개면 가라앉는다며? 이런 나쁜 영감탱이를 봤나.'

며칠 전 엄마가 만 원을 주었다. 소고기를 넣고 푹 끓인 미역국이 먹고 싶다며 노래를 부른 지 보름 만의 일이었다.

"수입 소고기 양지로 반 근만 사 와. 만 원 넘으면 만 원 어치만 달라고 하고."

"먹고 싶을 때 사 주면 어디가 덧나? 누구 놀려?"

지빈은 엄마가 주는 돈을 빼앗듯 낚아채며 성질을 부렸다. 지빈은 미역국을 좋아한다. 특히나 국 안에 든 고깃덩이를 흐물흐물한 미역과 같이 떠먹는 것을 좋아한다. 기름기 좌르르 흐르는 미역국 한 그릇을 뚝딱 먹으면 자신의 지치고 힘든 마음이 조금은 달래지는 것 같은 기분이 들기 때문이다.

그러나 엄마는 지빈의 마음을 몰라줬다. 지빈이 화가 나는 것은 바로 그 때문이었다. '너, 무슨 일 있니? 학교에서 친구들이랑은 잘 지내? 공부는 힘들지 않고? 아픈 데는 없니?' 보통의 엄마들이 자식들에게 물어봐 주는 일상적인 대화가 지빈과 엄마 사이에는 없었다. 엄마는 한 번도 지빈의 안부를 묻지 않았다. 일해서 빚 갚고 남은 돈으로 근근이 살아가야 하는 전쟁 같은 엄마의 삶을 알기에 지빈은 외로워도 불평하지 못했다.

그래서였는지도 모른다. 지빈이 모두에게 먼저 다가가서 무엇인가를 묻기 시작한 것이. 먼저 움직여서라도 혼자가 아니라는 사실을 확인받고 싶었던 거다. 가만히 있으면 어느 누구의 관심권 안으로 발을 들여놓을 수 없다는 것을 알게 된 지빈은 모두에게 먼저 다가갔다. 다가가서 묻고 관심 가져 주다 보니 아이들도 지빈을 찾았고 지빈에게 마음을 털어놨다. 지빈은 그 시간들이 행복했다. 아이들의 질문에 대답해 주고 눈을 맞춰 주면서 스스로도 위로받을 수 있었다. 그런데 이 일로 결국 따돌림을 받는 지경에 이르다니……. 지빈은 이 모든 불행의 시작은 엄마라고, 아니 전쟁 같은 삶 때문이라고 믿기로 했다.

슬리퍼를 끌고 나가는 지빈의 뒤에 대고 엄마가 소리를 질렀다.

"네가 애 낳았냐? 몸 풀 일 있어? 왜 미역국 타령이야. 그냥 멸치 넣고 끓여 먹든지 참기름에 달달 볶아 끓여 먹으면 될 일인데 까다롭게 무슨 소고기 미역국이래? 고기 사 먹을 돈은 뭐 어디 하늘에서 떨어진다던?"

소고기 반 근 사는 일도 보름을 벼르고 별러야 결정 내릴 수 있을 정도로 엄마의 재정 상태는 최악이었다. 4년째 갈비집에서 홀 서빙을 하며 딱 죽지 않고 살 만큼의 생활비를 빼고, 버는 돈 전부를 도망간 아빠의 빚 갚는 데 썼지만 눈덩이 같은 빚은 좀처럼 해결될 기미가 보이지 않았다. 그 와중에 엄마는 석 달 전 실직을 했다. 평생 문 닫을 일 없을 정도로 장사가 잘된다던 갈비집에 취직하면서 뛸 듯이 기뻐했던 엄마였다. 홀 서빙의 1인자로 이 집에 뼈를 묻어 버리고야 말겠다던 엄마의 각오는 폐업과 동시에 폐기 처분되어 버렸다. 장사가 너무 잘되는 것이 독이 될 줄 엄마는 몰랐을 것이다. 주인들은 권리금을 톡톡히 받고 가게를 팔아 치웠다.

이후, 겨우겨우 새로운 식당에 자리 잡아 그곳에서의 첫 월급으로 딸에게 무엇을 선물할까 고민하던 엄마는 기억을 떠올려 소고기 반 근을 사 오라 한 것이었다. 지빈은 엄마 마음이 바뀌기 전에 얼른 고기를 사 와야겠다고 생각했다.

'한 근 이하도 팜니다. 한 근 이상도 팜니다.'

지빈의 동네 오래된 상가 1층의 정육점에 붙어 있는 글귀이다. '당연한 얘기를 굳이 써 붙여 놓는 건 뭐지?' 지빈은 길을 지나다닐 때마다 속으로 웃었다. 삐뚤빼뚤 힘준 글씨체로 보나 '팝니다'도 아닌 '팜니다'라는 오자로 보나 주인의 수준을 한눈에도 알 수 있었다. 정육점 문 옆에는 철제 의자와 테이블들이 어지럽게 쌓여 있었다. 지빈은 그것들이 혹시나 무너져 내리기라도 할까 봐 조심조심 문을 열고 안으로 들어갔다.

"뭘 주련?"

주름으로 얼굴을 도배한 할아버지가 지빈을 뚫어져라 바라보며 물었다.

"양지 반 근 주세요. 국 끓이려고요. 좋은 걸로 주세요."

지빈은 만 원을 내밀며 작은 소리로 말했다.

"흠. 내가 보아하니 너는 지금 고깃국 먹을 때가 아닌 것 같다. 어차피 그 돈으로는 좋은 한우 양지 사기에도 턱없이 부족하고."

할아버지는 고기 진열대를 열다가 돈 만 원을 보고는 도로 닫았다.

"한 근 이하건 한 근 이상이건 다 판다면서요? 누가 한우 산다고 했어요? 수입산 양지로 돈에 맞춰서 조금만 파시면 되잖아요."

지빈의 목소리에서 짜증이 묻어났다. 택시 승차 거부도 아니고, 무슨 정육점에서 사람 봐 가며 고기를 안 팔겠다고 하는지 이해할 수가 없었다. 자기가 뭔데 고깃국을 먹을 때가 아니라는 둥 헛소리를 하는지. 지빈은 처음 보는 할아버지까지 자신을 무시하며 걸고넘어지는 것 같아서 화가 났다.

'뭐야? 이 할배 손녀가 우리 반에 다니는 거 아냐? 그래서 둘이 세트로 나 따돌리고 무시하고 그러는 거 아냐?'

지빈은 고개를 세차게 저었다. 비약이 심했다. 아무래도 자신이 노이로제에 걸린 것 같다는 생각이 들었다. 하긴 한 달 넘도록 마음 붙일 곳 하나 없이 외로운 데다가 발까지 땅을 딛지 못하는 상황인데 노이로제에 걸린다고 해도 이상할 것은 없었다.

"차라리 그 돈으로 쇳덩어리를 사서 주머니에 넣고 다녀라. 그러면 발이 바닥에 딱 붙어 있을 테니."

할아버지는 지빈의 발을 가리키며 말했다.

지빈은 화들짝 놀랐다. 아무에게도 들키지 않은 비밀을 할아버지가 눈치챘다는 사실이 믿기지 않았다.

"무, 무슨 소리 하시는 거예요?"

발뺌을 해서라도 자신의 비밀을 감추고 싶은 지빈이었다. 지빈은 고기 진열대 아래 빈 공간으로 발을 쑥 밀어 넣었다. 진열대 너머에 선 할아버지가 자신의 발을 볼 수 없도록. 그 바람에 할아버지와 지빈의 사이는 조금 전보다 훨씬 가까워졌다.

"한번 떠오르기 시작한 몸은 쇳덩어리로 눌러 주지 않으면 계속 떠오를 거야. 그런 사람들이 종종 있지. 그래서 난 쇳덩어리도 판단다. 별난 외계인 취급받고 싶지는 않지?"

할아버지는 별일 아니라는 투로 말했다. 몸이 떠오르는 사람들을 여럿 본 것처럼 말해 지빈은 솔깃했다. 이런 증상을 겪고 있는 사람이 더 있다는 게 사실이라면 그나마 안심할 수 있을 것 같았다.

"진짜 몸을 가라앉혀 주는 쇳덩어리가 있어요? 그걸 지니고 다닌 다른 사람들도 다 괜찮아졌어요? 그런데 왜 이런 증상이 나타나는 거래요? 고칠 수는 있는 거래요?"

뭔가 해결책이 있을 것 같아 지빈은 지푸라기라도 잡고 싶은 심정으로 할아버지에게 매달리기 시작했다.

"그런 증상이 왜 나타나냐고? 글쎄다. 어쨌든 모든 사람한테서 다 나타나는 건 아니잖냐. 나 봐라. 나는 바닥에 딱 붙어 있다. 그저 나는 몸이 둥둥 뜨는 사람들을 잘 알아볼 뿐이야. 생각해 봐라. 몸이 왜 뜨겠냐? 가벼우니까 뜨는 거 아니겠냐? 그러니 무거운 쇳덩어리를 몸에 지니고 다니면 안 뜨겠지. 그래서 몇 사람한테 말해 줬더니 나한테서 쇳덩어리를 사 가더구나."

할아버지는 날이 시퍼렇게 선 커다란 칼을 행주로 쓱쓱 닦으며 말했다.

"할아버지 눈에는 제가 가벼워 보여요?"

지빈은 자신의 몸을 손가락으로 가리키며 물었다. 155센티미터에 60킬로그램인 자신의 몸이 가볍다면, 60킬로그램이 안 되는 수많은 아이들은 벌써 우주 밖으로 날아갔어야 정상인 거다. 그러나 말라빠진 아이들도 학교에 잘만 다니고 있다.

"내 눈에 가벼워 보이고 무거워 보이는 게 무슨 소용이냐? 가벼워도 바닥에 딱 붙어 사는 사람이 있고, 아무리 무거워도 바닥에서 둥둥 뜨는 사람이 있는데."

할아버지 말을 듣고 나자 두 가지 측면에서 지빈은 마음이 놓였다. 일단 자신에게 일어나는 이 해괴한 현상이 다른 누군가에게도 일어나고 있다는 것, 또 쇳덩어리를 지니고 다니면 떠오름을 막을 수 있다는 것. 두 가지 사실만으로도 그간의 걱정거리가 씻겨 나가는 것 같았다.

"알겠어요. 그럼 그 쇳덩어리 주세요. 만 원어치."

지빈에게서 만 원을 건네받은 할아버지는 정육점 안 커다란 냉동실의 문을 열었다. 거기에서 휴대폰 크기의 납작한 쇳덩어리 두 개를 꺼내 주었다.

"옜다. 두 근이다."

"쇳덩어리가 고기도 아닌데 두 근은 무슨……."

지빈은 중얼거리며 쇳덩어리 두 개를 받아 들었다.

"이게 얼마나 편리하냐? 떠오르는 몸뚱이 가라앉히자고 돼지고기 두 근을 몸에 주렁주렁 매달고 다닐 수 있겠냐? 한 근에 600그램. 정확히 쇳덩어리 한 개가 한 근이다."

'아, 살쪄서 걸어 다니기도 힘들어 죽겠는데 여기다가 1.2킬로그램을 추가하라고?'

지빈은 자신의 몸무게가 쇳덩어리 때문에 더 늘어난다는 것이 못마땅했지만 이내 마음을 돌렸다. 지금은 이런 한가한 생각을 하고 있을 때가 아니었으니까.

"지니고 다니면 몸이 가라앉을 거다."

고기 대신 쇳덩어리 두 개를 사 들고 집으로 돌아오던 지빈은 자신의 발이 정확하게 땅을 딛는 것을 보고 얼마나 좋아했는지 모른다. 양지를 안 사 왔다고 엄마에게 구박 먹은 것쯤은 아무것도 아니었다. 몸이 정상으로 돌아왔다는 사실이 기뻤다. 병원에 가면 각종 검사에만 못 해도 수십만 원은 깨졌을 텐데. 어디 그뿐인가? 별스러운 인종으로 취급받으며 실시간 검색어에 오를 정도로 구설수에 시달렸을 것이다. 그런데 단돈 만 원으로 몸을 고쳤으니 이런 횡재가 따로 없었다. 아이들에게 외면당하고 있는 암담한 현실도 그 순간만큼은 생각나지 않았다.

그러나 지빈의 평안은 단 이틀 동안만 지속되었다. 사흘째부터 또다시 몸이 이상해졌다. 묵직한 쇳덩어리의 약발이 그리 단발에 끝날 거라고는 믿고 싶지가 않았다. 빨리 걷거나 뛰면 아무도 눈치채지 못할 정도의 떠오름이어서 일단은 버틸 때까지 버텨 보고 싶었다. 돈 만 원을 그리 허무하게 날리고 싶지 않은 마음이 컸다. 하지만 또 며칠이 지나자 더 자주 발이 바닥을 딛지 못했고 몸도 크게 휘청였다. 하는 수 없이 지빈은 정육점으로 달려갔다.

"네 상태가 생각보다 나쁜가 보다. 다른 사람들보다 몸이 훨씬 더 잘 떠오르는구나. 자고로 사람은 땅에 발을 딛고 살아야 하는데……. 옜다. 더 가져가서 몸에 지녀. 한동안은 괜찮을 거다."

할아버지는 쇳덩어리 네 개를 더 주었다. 돈 걱정을 하는 지빈의 얼굴을 봐서인지 할아버지는 그냥 가져가라고 했다. 상태가 심해지면 언제든 꼭 오라는 말도 빼놓지 않았다. 지빈은 쇳덩어리를 들고 줄행랑치듯 정육점을 나왔다.

그렇게 해서 오늘 아침부터 지빈은 쇳덩어리 여섯 개를 허리에 동여매고 학교에 온 것이다. 무사히 등굣길을 걸어온 지빈이었는데 화장실 가는 길에 또다시 몸이 뜨다니. 허리에 매달린 쇳덩어리 여섯 개의 묵직함이 무색했다.

마지막 보루라고 생각한 쇳덩어리 공급책인 정육점 할아버지도 믿을 수 없게 되어 버렸다. 지빈은 앞이 보이지 않는 어둠 속에 내던져진 듯 맥이 탁 풀렸다. 곧이어 몸이 흔들리며 기울어지더니 두 발이 바닥으로부터 살짝 떠올랐다. 다른 사람들은 눈치채지 못할 만큼 미미한 높이였으나 겪어본 사람은 절대 잊히지 않을 기분 나쁜 높이이기도 했다. 하는 수 없이 복도 한쪽에 있는 급수대를 손으로 꽉 붙들고, 그 힘으로 몸이 떠오르는 것을 필사적으로 막았다.

스파이더맨처럼 급수대 옆에 껌인 양 붙어 화장실로도 교실로도 오도 가도 못 하고 서 있기를 몇 분. 교무실에서 볼일을 마친 반장과 부반장이 지빈 쪽으로 다가왔다. 지빈은 기를 쓰고 태연한 척 표정 관리를 했다. 다행히 두 발 모두 바닥을 디딜 수 있게 되었다.

"야, 너 우리랑 얘기 좀 해."

반장이 지빈을 보며 짜증 섞인 목소리로 말했다.

"곧 수업 시작할 텐데 짧게 해."

부반장은 얘기가 길어질까 봐 미리부터 걱정이다. 성적에 목숨을 거는 아이인지라 이해 못 할 것도 없었다.

지빈은 앞서가는 반장과 부반장의 뒤를 따라 보건실 옆 인적이 드문 장소로 갔다.

"너, 선생님 말이랑 내 말이 다 우습니?"

"뭐?"

"선생님이 애들하고 절대 말하지 말랬잖아. 그래서 나도 너한테 여러 번 경고했고."

"경고?"

반장의 사람을 얕잡아 보는 태도와 건방진 말투가 지빈의 속을 뒤집어 놓았다.

"머리가 달려서 말귀 못 알아듣겠어? 너 하나로 인해서 반 분위기 엉망진창 되고, 우리는 공부할 시간 1초도 아까운데 자꾸만 담임한테 불려 가고. 진짜 신경질 나서 죽겠어."

"내가 뭘 잘못했다고 이렇게 몰아붙이는 거니?"

마구잡이로 자신을 책망하는 반장에게 참다못한 지빈이 따져 물었다.

"너, 오늘 아침 등굣길에 다른 반 애랑 얘기했지?"

지빈은 아침 등굣길을 떠올려 보았다. 교문에 들어설 무렵 1학년 때 같은 반이었던 은지가 인사를 건넸고, 잠시 일상적인 이야기들을 나눴다. 무슨 이야기였는지도 잘 기억나지 않는 그런 내용들. '공부 잘돼?', '요새 피곤하지 않냐?' 뭐 대충 이랬던 것 같다.

"1학년 때 친구랑 인사하고 별로 중요하지 않은 얘기들이었는데, 왜?"

"그러니까. 중요하지도 않은 얘기를 뭐 하러 해. 하지 마."

"뭐라고?"

"아무하고도 얘기하지 말라고. 인사도 주고받지 말고 그냥 입 다물고 살라고. 내가 지난번에 했던 말 잊었어?"

반장이 지빈을 꼬나보며 물었다.

"애들하고 말하지 말라고 해서 그 후로 우리 반 애들한테 상담해 준 적 없어. 우리 반 누구한테도 말 한마디 먼저 걸지 않았다고. 근데 은지는 다른 반 아이니까 상관없는 거 아냐?"

지빈은 굳이 이런 해명까지 해야 한다는 사실을 믿을 수가 없었다.

"뭐라고? 너 말 다 했냐?"

"그래, 내가 내 입 가지고 말하는데 담임이나 네가 뭔 상관이야?"

목소리를 내리깔고 애써 담담한 척 말했지만 지빈은 얼굴이 달아오르는 게 느껴졌다.

"야, 박지빈. 네가 애들 들쑤셔서 담임이 생고생한답시고 우리 둘을 얼마나 잡는지 알기나 해? 그러니까 제발 없는 사람처럼 그렇게 학교에 다니라고. 우리한테 피해 주지 말고. 근데 그거 하나 제대로 딱딱 못 하는 주제에, 뭔 상관이냐고? 네가 이렇게 뻔뻔하게 나오면 안 되지."

반장이 지빈의 어깨를 손으로 밀치며 말했다. 지빈은 반장의 손을 거칠게 쳐 냈다.

"어쭈, 얘 좀 봐라. 지인아, 박쥐가 내 손을 친다."

반장이 부반장에게 손을 들어 보이며 말했다. 지빈은 주먹을 꽉 움켜쥐었다.

"야, 박지빈. 너 진짜 웃긴다. 네가 이러면 너만 더 힘들어져. 이젠 우리 반 왕따에서 끝나는 게 아니라 다른 반까지 네 소문 다 퍼지게 될 테니까."

부반장이 열을 내며 지빈에게 으름장을 놓았다.

"무슨 소문? 내가 무슨 짓을 했다고 소문날 게 있어?"

지빈은 그렇게 물으면서도 한편으로는 자신이 왕따가 되어 버린 지난 한 달의 시간이 떠올라 가슴이 쪼그라드는 것 같았다.

"네가 여기저기 낄 데 안 낄 데 다 껴서 사고만 일으키고 다닌다는 소문. 너 전교에서 왕따되는 데 얼마나 걸릴 거 같아? 하루, 이틀? 아냐, 몇 시간이면 끝이야."

"너희 이거 학교 폭력이야. 이유 없이 사람을 따돌리는 거 명백한 폭력이라고. 학생부장한테 가서 나도 다 말할 거야. 너희들이 이러면 나도 참지 않아."

지빈이 이를 악물며 말했다.

"이유가 없긴 왜 없어. 네가 만들어 낸 분란이 명확한 이유인데. 그리고 이거 하나는 알고 가. 네가 학생부장한테 말한다고 해도 바뀔 건 없어. 담임 역시 네가 아무하고도 말하지 않기를 진심으로 원하고, 또 우리가 너를 따시켜도 모르는 척해 주는데……. 상식적으로 도대체 누가 널 돕겠니? 그냥 조용히 입 다물고 지내든지, 아님 전학을 가든지. 둘 중 하나를 택해."

그렇게 말한 뒤 반장은 부반장과 팔짱을 끼고 휙 돌아 교실로 향했다. 둘의 뒷모습을 보며 저렇게 마음이 비뚤어지고 모진 아이들끼리도 서로에게 친구가 되어 주는데, 지빈 자신에게는 왜 저런 친구 하나가 없는 것인지 슬퍼졌다.

더는 아무 생각도 떠오르지 않았다. 어떤 판단도 내릴 수가 없었다. 그 자리에 멍하니 서 있던 지빈은 교실이 아닌 교무실로 향했다. 자신의 행동을 결정함에 있어서 누군가의 의도대로 따라 줄 수는 없었다. 입 다물고 지내든, 전학을 가든 그건 필요에 따라 다른 누구도 아닌 지빈 스스로가 내려야 할 결정이라고 생각했다.

교무실에 들어가 담임의 자리까지 걸어가는 동안 지빈은 제발 발이 떠오르지 않기를 기도했다.

"선생님, 조금 전에 반장이랑 부반장한테 얘기를 들었는데요. 제가 왜 다른 반 아이들과 말하고 웃고 떠드는 것도 못

해야 하는지 이해가 되지 않아요."

지빈은 담임 앞에 가자마자 말을 꺼냈다.

"어머머, 네가 이렇게 맹랑한 애야. 너 지금 나한테 그거 따지러 온 거니? 네가 사고 쳐서 뒷수습하느라 내가 얼마나 힘든지 너 진짜 몰라?"

"솔직히 저는 제가 무슨 사고를 쳤는지 잘 모르겠어요. 혹시 무슨 불상사가 있었다고 해도 그건 아이들이랑 얘기 나누면서 생긴 일들이지 제가 의도하거나 작정하고 꾸민 게 아니잖아요."

지빈의 목소리가 가늘게 떨렸다.

"작정하고 꾸민 게 아니니까 네가 사고 친 것들에 대해 넌 책임이 없다? 그건 아니지. 일처리는 그렇게 하는 게 아냐. 잘잘못을 명확히 가리고 같은 일이 없도록 하는 게 내 역할이야. 너는 입만 열었다 하면 같잖게 애들 상담해 준답시고 분란만 일으키는 사고뭉치야. 트러블 메이커라고. 그래서 사고 예방 차원에서 다른 애들이랑 말 섞지 말라고 했는데, 그걸 이해 못 해?"

담임의 날카로운 목소리가 지빈의 귓속을 파고들었다. 담임에게 지빈의 입은 밥 먹을 때만 열어야 하는 도구인 모양이었다. 하지만 지빈은 자신의 입을 먹는 용도로만 쓰고 싶지 않았다.

"저는 그냥 애들이 물어보면 제 생각을 얘기해 줬을 뿐이에요. 분란 일으킬 생각 없었어요."

"분란 일으킬 생각 없었다고? 네가 여태 한 짓을 돌이켜 생각해 봐. 그러고도 그런 말이 나오니? 너, 지난번에 삼각관계에 끼어들어서 애들끼리 치고받고 난리 났었지? 그게 분란이 아니면 뭐가 분란이니?"

막상 담임의 입에서 민주와 명희 얘기가 나오자 지빈의 숨이 턱 막혔다. 오토바이에 치였던 명희는 퇴원 후 다른 학교로 전학을 가 버렸다. 사이코, 또라이, 스토커 소리까지 들어 가며 이 학교를 고집할 이유가 없었을 테니까. 학교를 다녔다면 명희도 지빈처럼 왕따가 되었을 것이다.

"네가 한 짓이 그것뿐이야? 한두 개가 아니야."

담임은 다이어리를 뒤적였다. 그걸 또 일일이 다 적어 둔 모양이었다.

"공부 잘하는 진미한테는 학원 빠져도 된다고 살살 꼬드겼지? 걔네 아빠가 너 가만 안 둔다면서 나한테 애들 교육 그따위로 시키냐고 얼마나 난리 쳤는지 알기나 해? 내가 죽도록 사과해서 진미 아빠가 널 살려 둔 거야. 걔뿐이 아니지. 은영이, 영지, 유진이. 많기도 많다. 제발 입 닫고 귀 막고 살

아. 네깟 게 뭐라고 애들한테 이래라저래라 하는데.”

다이어리를 넘기던 담임의 얼굴이 시뻘겋다 못해 자줏빛으로 변해 갔다.

민주와 명희의 사건이 불씨가 되고, 진미 아빠의 거친 항의가 도화선이 되어 담임은 제대로 열 받은 거였다. 그 후 담임은 아이들 모두를 차례차례 소환해서 지빈과 아이들 사이의 대화 내용을 토대로 면담한 모양이었다. 다이어리에 빽빽이 적혀 있는 이름과 그 옆의 사연들은 아이들 본인이 아니면 알 수 없는 것들이었다.

지빈은 너무나도 억울해서 왈칵 눈물이 날 것 같았다. 단한 번도 남의 고민을 가볍게 여긴 적이 없던 지빈은 진심을 다해 아이들의 속마음을 들어 주고 위로해 주려 노력했다. 그러나 담임에게 지빈은 친구들을 싸우게 만들거나 친구를 꼬드겨 일탈하게 만들고, 친구의 부모들을 화나게 만드는 요주의 인물일 뿐이었다. 담임이나 아이들이나 지빈의 진심 같은 것에는 애당초 관심을 가질 마음이 없었던 것이다.

“누군 뭐 너만 못해서 꾹 참고 사는 줄 아니? 힘들더라도 그냥 살던 대로 사는 게 더 견디기 쉬우니까 다들 그렇게 사는 거라고. 그런데 애들 얘기 들어 주고 충고해 준답시고 네가 다 망치고 있잖아.”

"······."

담임은 잘못했다는 얘기를 듣고 싶은 모양이었지만 지빈
은 그럴 생각이 없었다. 그저 이 지긋지긋한 시간이 흘러가
기만을 바랄 뿐이었다. 하고 싶은 말은 입안 가득이었지만
그걸 일일이 풀어 내는 순간 모든 것이 걷잡을 수 없이 쏟아
져 나올까 봐, 지빈은 그게 두려웠다. 자신에게 용서를 구하
지 않는 지빈의 모습이 담임 눈에는 지독히도 밉게 보였을
것이 분명했다.

"그래서 반장, 부반장이 주도해서 저를 왕따시켜도 그냥
그렇게 묵인해 주셨어요?"

지빈은 지금 이 순간이 담임과 마주하는 마지막이라고 마
음먹었다. 그리고 작정하고 물었다. 이 말을 묻지 않고서는
돌아설 수 없을 것 같았기 때문이다. 그냥 돌아선다면 자신
의 남은 인생을 잘 살아 낼 수 없을 것 같은 생각이 들었다.

"뭐가 어째? 너 설치고 다니는 꼴 보기 싫어서 애들한테
경고했어. 너랑 말 섞으면서 문제 일으키는 애들은 다 가만
두지 않겠다고. 그게 무슨 왕따 묵인이니? 문제아 길들이기
지."

담임의 마지막 말이 비수가 되어 지빈의 가슴에 내리꽂
혔다. 지빈은 두 주먹을 꽉 쥐고 결심한 듯 천천히 한 글자,

한 글자 힘주어 말을 내뱉었다.

"그런데요, 선생님. 선생님이 수업 시간에 강조하신 공자의 인(仁) 말인데요. 논어에 106번이나 등장한다는 그 핵심어 어질 인(仁)은 사람(人)이 둘(二) 모인 형상이랬잖아요."

"뭐야?"

담임이 지빈을 쏘아보았다.

"제 생각에는 사람과 사람이 모여서 서로 소통하고 이해하고 돕고 사랑하며 사는 것이 공자가 말한 '인'의 의미 같거든요. 그런데 선생님은 저더러 입 닫고 귀 막은 채 모든 인간관계를 끊고 살라는 거잖아요. 참 아이러니하네요."

지빈은 뒤도 돌아보지 않고 교무실을 나왔다. 어떤 생각도 없었다. 이렇게 숨 막히는 학교만 아니라면 어느 곳이든 상관없다는 마음뿐이었다. 발걸음을 옮겨 현관 쪽으로 걸었다.

"박지빈!"

누군가 뒤에서 지빈을 불렀다. 지빈은 돌아보지 않았다. 모두가 담임, 반장, 부반장과 한통속이 되어 자신을 외딴섬으로 만들어 버렸는데 다시 그 모욕을 덮어쓰고 싶지는 않았다. 지빈을 향해 다급하게 뛰어오는 발소리가 들렸다.

"나 같으면 전학 갈 거 같아. 너 앞으로도 계속 시달릴 거야. 그냥 전학 가."

유진이었다.

"내년이 고3인데 어디로 전학을 가? 전학 간다고 쳐. 그럼 거기 가서는 이렇게 억울하게 왕따당하지 않으란 법이 있어? 그 학교엔 우리 담임처럼 성숙하지 못한 어른이, 너희들처럼 못돼 처먹은 애들이 없대? 확실해?"

지빈은 터져 나오는 분함을 숨기지 않았다.

"그래도 여기보단 낫겠지. 나는 네가 내 고민 들어 줬던 때가 정말 좋았어. 진심이야. 하지만 애들은 바뀌지 않을 거야. 이렇게까지 너를 따돌리고 무시하는 게 부당하다 느끼면서도 반 전체 분위기가 그러니까 모두 방관자가 되어 버리는 거야. 자기들도 너 같은 꼴 당하지 않으려고 너랑 선을 긋는 거야. 우리 모두는 어쩌면 미워할 대상이 필요해서 너를 선택했는지도 모르겠다는 생각이 들어. 나 역시 애들 눈치 보면서 그동안 너한테 말 한마디 걸지 못해서 정말 미안했어."

가슴이 터질 것만 같았다. 지빈은 있는 힘껏 학교 건물 밖으로 내달렸다. 발이 살짝 떠오르는 게 느껴졌다. 그래도 상관없었다. 어차피 천덕꾸러기같이 배배 꼬여 버린 인생인데 차라리 계속 떠올라서 공중으로 날아갔으면 좋겠다고 생각했다. 그렇게 날아올라 하늘 어디쯤에서 공중분해 되면 좋겠다고, 저주받은 몸뚱이에나 어울리는 시답잖은 영혼도 다 산산이 부서져 흩어졌으면 좋겠다고 생각했다.

"야, 너 어디 가는 거야?"

지빈은 건물 안의 유진을 뒤로한 채 학교 후문 쪽으로 달려갔다. 후문은 낮아서 쇠창살을 잡고 뛰어넘으면 학교 밖으로 도망칠 수 있을 것 같았다. 후문의 창살을 향해 전력 질주 해 창살을 붙잡으려고 점프하는 순간, 지빈의 몸이 공중으로 붕 솟구쳤다.

"어어. 이, 이거 왜 이래?"

후문을 거뜬히 넘고도 남을 정도의 높이까지 몸이 떠올랐다. 지빈은 너무 놀라 공중에서 발버둥 치다 바닥으로 쿵 떨어졌다. 물론 후문을 가뿐히 넘고 난 뒤였다.

"아얏. 뭐야? 나, 이거 날아서 넘은 거야?"

내동댕이쳐진 지빈은 고개를 돌려 후문을 바라보았다. 믿기지 않았지만 사실이었다. 지빈은 그길로 정육점을 향해 미친 듯이 달렸다.

"할아버지는 알고 있었죠?"

정육점 문이 부서져라 밀고 들어서며 지빈이 물었다.

"아이고, 깜짝이야. 내가 뭘 알아?"

할아버지가 고기를 썰다 말고 지빈을 보았다.

"발이 땅에서 조금씩 뜨다가 결국엔 몸이 하늘로 솟구친다는 거요."

지빈의 말을 들은 할아버지의 표정이 딱딱하게 굳었다.

"다른 사람들은 몇 년, 몇십 년에 걸쳐서 서서히 나타나는 증상인데 너한테는 참 빠르게도 나타나는구나. 그래서 여기까지 날아왔냐?"

할아버지는 썰던 고깃덩어리를 냉동실 안에 던져 넣으며 물었다.

"농담하세요? 할아버지가 아는 대로 말해 주세요. 이러다가 저한테 더 엄청난 일이 생기는 건가요?"

"영혼이 조금씩 조금씩 빠져나가 버린 육신은 냉동실에 매달린 고깃덩이에 불과하지."

할아버지는 지빈을 보며 알아들을 수 없는 말을 했다.

"도대체 어떤 일이 일어나는 거예요? 진짜 날아다니기라도 하는 거예요? 하긴 학교에서도 왕따가 되어 버렸으니 뭐 어떻게 되든 별 상관도 없지만요."

지빈은 체념한 듯 발끝을 내려다보며 말했다.

"거짓말 마라. 어떻게 되든 상관없지 않을 거다, 너 같은 애는."

"저 같은 애요? 제가 어떤 앤데요?"

"어디에도 마음 붙일 데가 없어서, 마음이 뜨는 통에 몸도 뜨는 애. 너 같은 애가 바로 그런 애다. 너처럼 온 마음을 다해 사람을 대하고도 끝내 사람들한테 외면받으면 몸이 그렇게 떠오른다더라. 나도 들은 얘기야. 너 같은 사람들한테서. 아주 옛날에 말이다."

할아버지의 눈빛은 진지했다.

"그 사람들이 누군데요? 어디 가면 만날 수 있어요?"

"만날 수 없어."

"왜요? 죽었어요? 아님 둥둥 떠서 하늘로 날아갔어요?"

"꼭 알고 싶으면 가게 밖에 뭐가 있는지 보고 오너라."

할아버지의 말에 지빈은 얼른 가게 밖으로 나갔다. 처음 정육점에 왔을 때에 비해 달라진 건 아무것도 없었다. 낡은 상가 건물도 그대로고 가게 입구에 어지럽게 쌓인 철제 가구들도 그대로였다. 다시 가게 안으로 들어간 지빈은 투덜댔다.

"있긴 뭐가 있어요? 그냥 말도 안 되게 낡은 의자랑 테이블 같은 것밖에 없던데."

지빈은 할아버지가 빨리빨리 대답을 안 해 줘 못마땅했다. 지빈이 날아가기 전에 속 터져 죽는 꼴을 먼저 보고 싶은 요량인가 의심스러울 정도였다.

"바로 그거다. 그게 다 그 사람들이야. 너처럼 떠오르려던 사람들."

할아버지가 지빈을 빤히 쳐다보며 나직이 말했다.

"뭐라고요?"

지빈의 팔뚝에 갑자기 소름이 돋았다. 도대체 할아버지가 무슨 말을 하는 건지 머리로는 이해가 되지 않았는데 지빈의 몸은 이해를 했는지 온몸이 덜덜 떨려 왔다.

'말도 안 돼. 대체 뭐가 사람이라는 거야? 설마 철로 된 의자가? 아니면 철로 된 테이블이? 미쳤어. 진짜 미친 거야.'

할아버지는 냉동실에서 배낭 하나를 질질 끌고 나와 지빈의 발 옆에 놓았다.

"이, 이건 또 뭐예요?"

"몸이 떠오르던 사람들도 처음엔 다 쇳덩어리 몇 개씩을 지니고 다녔어. 세월이 지나면서 떠오르는 게 멈춘 사람이 있는가 하면 너처럼 갈수록 더 높이 뜨는 사람이 있었지. 다행히 멈춘 사람은 딱 그만큼의 쇳덩어리만 몸에 지니고 다니면 됐지만 문제는 쇳덩어리 개수를 계속 늘려도 몸이 떠오르는 사람들이었다. 그들의 몸을 바닥에 묶어 두는 방법은 단 두 가지뿐이야."

할아버지는 손가락으로 지빈 발 옆의 배낭을 가리킨 후 가게 뒤편의 문도 가리켰다.

"이 배낭 안에 뭐가 있는데요?"

"이 안에는 떠오르는 사람의 몸무게 절반가량의 쇳덩어리가 있지. 네 몸무게가 60킬로그램이라고 해서 딱 절반인 30킬로그램에 맞춰 쇳덩어리들을 넣어 놓았다. 이걸 매일 어깨에 짊어지고 다니는 한 네 발은 절대 땅에서 떠오르지 않을 거다. 네 몸무게가 늘면 쇳덩어리를 더 추가하고, 몸무게가 줄면 거기에 맞춰 빼내면 되지만 늘 네 몸의 절반에 해당하는 쇳덩어리를 짊어져야 해."

"그럼 저더러 평생 이 무거운 쇳덩이를 지고 살라는 거예요? 말도 안 돼. 또 다른 방법은 뭔데요? 저 문 뒤에는 뭐가 있어요?"

"나가 보자꾸나."

할아버지는 가게 뒤편의 문을 열고 앞장섰다. 지빈도 따라나섰다.

건물과 떨어진 한쪽 구석에 창고가 있었다. 할아버지가 창고 문을 연 순간 갑자기 뜨거운 열기가 훅 끼쳤다.

"앗, 뜨거워."

자세히 보니 창고 안에 용해로가 있고 그 옆에는 쇳물을

221

부어 네모난 쇳덩어리를 만드는 무쇠 틀이 있었다. 마침 남자 하나가 용해로 안의 펄펄 끓는 시뻘건 쇳물을 쇠바가지에 담아 틀에 부었다. 멀찍이 떨어져 있어도 숨이 턱턱 막힐 정도로 창고 안은 뜨거웠다. 너무 뜨거워서 현기증이 일어난 지빈은 창고에서 나와 정육점으로 돌아갔다. 할아버지도 뒤따랐다.

"저긴 왜 보여 주셨어요?"

지빈이 숨을 몰아쉬며 물었다.

"두 번째 방법이 거기에 있거든. 몸이 뜨지 않는 또 다른 방법은 바로…… 끓는 쇳물을 마시는 거다."

"뭐라고요? 뭘 마셔요?"

지빈은 믿을 수 없다는 표정으로 할아버지를 보았다.

"쇳물을 마신 사람은 가게 문 옆에 쌓아 둔 것처럼 철제품이 되는 거지. 몸이 두 번 다시 땅 위로 솟을 리 없을 정도로 무거워지니까 더 이상 걱정하지 않아도 돼. 누구 눈에 띌까, 비난받지 않을까, 외면당하지 않을까 노심초사하는 불안한 인간으로서의 삶을 버리는 거다. 어느 모퉁이에 무심히 버려진 채 원래부터 그랬던 것처럼 그냥 그렇게 있으면 되는 거야."

할아버지 말이 사실이라면 가게 밖에 어지러이 쌓여 있는

저 가구들이, 사실은 모두 인간으로서의 삶을 버린 인간이라는 것이었다. 지빈은 충격으로 할 말을 잃었다. 둘 사이에 오랫동안 침묵이 흘렀다.

"할아버지는 정상이면서도 어떻게 몸이 뜨는 사람들을 알 수 있고, 나름의 해결 방법도 찾은 거예요? 또 저를 왜 도와주는 건데요? 저는 여태 할아버지한테 돈 만 원밖에 드리지 않았다고요. 이렇게 엄청난 쇳덩어리가 든 배낭을 살 돈 같은 건 저한테 있지도 않아요."

꿍꿍이가 있어 보이지는 않았지만 할아버지가 아무런 조건 없이 해결 방법을 알려 주는 이유가 궁금했다. 물론 해결 방법이라는 게 둘 다 끔찍하기 이를 데 없긴 했지만 말이다.

"나한테 아들이 있었어. 잘생기고 자랑스러운 아들이었다. 말썽 한 번 부린 적이 없고 걱정 하나 끼친 적이 없는 아들이었는데 어느 날부터인가 발로 땅을 딛지 못하더구나. 몸이 뜨기 시작한 거야. 치료며 약이며 별의별 방법에 나중엔 무당굿까지 안 해 본 일이 없었다. 근데도 하염없이 몸이 떠올랐지. 너처럼 아주 짧은 기간에 엄청난 속도로 떠올랐단다. 그래서 나는 최후의 방법으로 쇳덩어리를 구하기 위해 제철소까지 갔었다. 그걸 구해 집으로 돌아온 날……."

할아버지는 말을 멈추었다. 지빈은 가만히 할아버지를 바라보며 기다려 주었다.

"돌아온 바로 그날 아들이 철제 의자가 되어 버린 걸 알았다."

할아버지는 멍한 눈으로 창밖을 바라보며 말했다.

"그럼, 쇳물을 마신 건가요?"

"그런 거지. 아들은 오랫동안 학교 폭력에 시달렸더구나. 홀아비인 내가 걱정하는 게 싫어서 혼자 그걸 감당하는 사이 공중으로 마음도 뜨고, 몸도 떠 버린 거지. 아들은 자기 영혼이 어디론가 도망가서 몸은 이제 빈껍데기가 되어 버린 것 같다고 했지. 영혼은 없지만 그래도 자기 몸만큼은 아빠 곁에 평생 있었으면 좋겠다며 무거운 철제 의자가 되는 길을 택했다고 했어. 쇳덩어리를 짊어진 채 또다시 그 무서운 사람들 속으로 걸어 들어가는 지독한 형벌은 견디지 못하겠다고, 그것만은 피하겠다고. 그렇게 구구절절 편지를 써 놓았지."

할아버지는 정육점 구석의 등받이 없는 동그란 철제 의자를 애잔한 눈길로 바라보았다.

"혹시 저 의자예요?"

지빈이 의자를 가리키며 물었다.

"그래, 인간이길 거부하고 철제품이 되어서야 비로소 땅에 붙어 있게 된 내 아들이란다."

지빈은 의자를 보면서 자신이 쇳물을 마신 후에 의자가 되어 놓일 곳이 어디일지 떠올려 보았다. 거실? 하나뿐인 방? 어쩌면 엄마는 의자 놓을 장소가 마땅치 않다고 의자가 된 지빈을 내다 버릴지도 모른다는 생각이 들었다.

"할아버지, 다른 의자랑 테이블 말이에요. 설마 가족한테도 버림받아 저렇게 쌓여 있는 거예요?"

"세상엔 너처럼 내 얘기를 다 믿어 주는 사람만 있는 건 아니니까. 나를 미친 노인 취급하는 사람들이 더 많단다. 자기 자식이나 부모 형제가 쇳덩어리로 변했다고 믿을 수 있는 사람은 그리 많지 않아."

"할아버지, 너무 슬퍼요."

지빈은 인간일 때도, 비인간일 때도 늘 외면받는 처지에 놓인 가게 밖 철제품들 생각에 가슴이 저려 왔다.

"얘야, 지금은 다른 사람들 걱정일랑 접어 두고 너만 생각할 때다. 내가 뒷마당에서 쇳물을 끓이고, 쇳덩어리를 만드는 것도 다 너 같은 사람들에게 조금이나마 도움을 주기 위해서였어. 나는 너한테 두 가지 방법을 보여 줬을 뿐 선택은 네가 하는 거란다. 뭐가 옳고 그른지 나는 정말 모르겠다. 다만 한 가지, 어느 선택을 해도 그 길을 가는 건 다름 아닌 너 자신이라는 것, 그것만은 안다."

지빈은 정육점의 문을 열고 밖으로 나왔다.

따가운 햇볕이 내리쬐었다. 태양은 아직도 하늘의 정중앙에 도달하지 못한 채였다. 정오도 되지 않은 오전의 어느 한때. 지빈은 동네 뒷산으로 향했다. 사람들이 주로 다니는 둘레길을 피해 낡은 운동 기구가 있는 공터로 갔다. 둘레길 중간 넓은 공간에 새로운 운동 기구가 설치된 후로는 무용지물처럼 되어 버린 낡은 곳. 그곳에 닿자마자 지빈은 운동 기구들을 향해 달리며 힘차게 점프했다. 그러자 붕 몸이 떠올랐다.

'할아버지가 모르는 세 번째 방법도 있어요. 계속 떠오르고 떠오르다 결국엔 떨어져 몸 전체가 산산조각 나는 방법.'

지빈의 몸이 하늘을 향해 둥둥 떠오르는 순간, 나란히 늘어선 철봉 하나에 발이 걸렸다.

텅!

발을 빼면 몸은 그대로 하늘 끝까지 떠오를 터였다. 짧은 시간 동안 발을 빼낼까, 빼내지 말까 수백 번의 갈등이 머릿속을 어지러이 오갔다.

결국 지빈은 철봉에 걸린 발을 빼내지 않았다. 그리고 온몸의 힘을 발등에 모아 끝까지 버텼다. 그러자 떠오름이 멈쳤다. 지빈은 재빨리 몸을 웅크린 채 철봉 위에 두 다리로 대롱대롱 매달렸다. 세상이 온통 거꾸로 보였다.

'박쥐가 천장에 매달려서 본 세상도 이럴까?'

상하좌우가 완벽히 바뀐 세상. 익숙해지기까지 헷갈릴 수는 있겠지만 결코 적응 못 할 세상도 아닐 것이다. 지빈은 무거운 쇳덩이를 계속 어깨에 메고 살아야 할 자신의 운명을 그려 보았다. 그러자 시시포스가 떠올랐다. 얼마 전 웹툰에서 본 시시포스는 쇠똥구리가 똥을 굴리듯 바위를 굴려 산을 힘겹게 올라갔다. 오만상을 지으면서도 바위를 굴려 끝없이 위로 올라가던 시시포스를 보며 지빈은 쓴웃음을 지었었다. 왜 저러고 살까? 그냥 바위를 내던지고 다른 데 가서 편히 살지. 그렇게 비웃기도 했었다.

그런데 지금 이 순간 갑자기 다른 생각이 들었다.

'시시포스가 바보라서 산꼭대기까지 바윗덩이를 밀어 올리고, 떨어지면 다시 올리기를 반복했을까? 이전까지와는 전혀 다른 고통스러운 세상이었는데도 그는 왜 도망가지 않았을까? 단지 제우스의 형벌이라서? 제우스가 무서워서? 그건 절대 아닐 거야.'

지빈은 다리를 풀고 풀쩍 뛰어 철봉에서 내려왔다.

그리고 정육점을 향해 달렸다. 발이 바닥을 제대로 딛지 못하고 공중으로 떠오르려 하면 달리다 멈춰서 길가의 가로등을 붙잡았다. 다시 달리다 떠오르려 하면 가로수에 매달렸고, 어느 가게의 입간판을 껴안은 채 멈춰 서 있기도 했다. 그렇게 자신의 몸에 남은 마지막 기운 한 톨까지 쥐어짜 내며 두 발을 땅에 붙이려 안간힘을 썼다.

'시시포스가 도망가지 않고 버틴 건 낯설고 힘들어도 그게 자기 길이었으니까, 자기 몫의 삶이었으니까 살아 낸 거야.'

가까스로 정육점 문을 열고 들어선 지빈은 크게 외쳤다.

"할아버지, 배낭 주세요. 돈은 나중에 드릴게요."

할아버지는 기꺼이 30킬로그램짜리 쇳덩어리 배낭을 지빈의 어깨에 메어 주었다. 지빈은 양어깨에 배낭을 짊어진 채 쓰러질 듯 휘청이면서도 기어이 쓰러지지 않고 문을 나섰다.

작가의 말

14년 전 어느 날, 보행기에 앉아 노는 딸아이를 거실에 두고 나는 다용도실에서 쭈그린 채 빨래를 하고 있었다.

쿵!

그때 굉음이 들렸다. 그 소리는 상상을 초월할 정도로 컸다. 그리고 아이의 안전을 확인하기 위해 거실로 뛰쳐나가는 순간, 별별 끔찍한 생각을 했었다.

그러나 거실에 있던 아이에게는 아무런 일도 일어나지 않았다. 아이는 그 커다란 소리에도 끄떡없이 잘 놀고 있었다. 다행이었다. 아이의 안전을 확인한 다음 굉음의 진원지가 어디인지 집 안을 살펴보았다. 무너져 내렸으리라 생각했던 천장도, 벽도 멀쩡했다. 도대체 그 커다란 소리는 어디로부터 온 것이었을까?

잠시 후 베란다 너머로 들리던 구급차 사이렌 소리. 혹시나 하는 마음에 베란다로 나가 보았다. 당시 우리 집은 산꼭대기에 위치한 아파트 1층이었다. 집 앞 행인들의 시선을 피하기 위해 항상 블라인드가 드리워져 있던 베란다. 나는 떨리는 마음으로 블라인드를 살짝 들춰 보았다. 많은 사람들이 웅성대며 모여 있는 내 집 앞. 느낌으로 알 수 있었다. 나는 눈을 질끈 감았다. 그리고 거실로 뛰어들어 왔다. 세상에서 가장 슬픈 굉음의 정체를 알게 된 나는…… 그날 내내 울었다.

며칠이 지나 동네 상인들을 통해 들은 바로는, 우리 동네에 살지도 않는 삼수하는 여학생이 거리를 방황하다가 생전 처음 와 보는 산꼭대기 아파트 옥상에서 몸을 던졌다는 것이었다. 그녀는 자신의 몸이 바닥에 떨어질 때 그토록 커다란 소리가 나는지 알고 있었을까? 세상 고통을 한 몸에 짊어지고 세상의 끝에서 종지부를 찍을 때의 외침. 그것이야말로 참담한 비명이었다.

그 후로도 나는 베란다 앞에만 서면 가슴이 미어졌고 특히나 아이를 등에 업고 있을 때는 하염없이 눈물이 흘렀다. 굉음 앞에서 내 아이의 안전을 확인하며 다행이라 여긴 순간, 다른 엄마의 소중한 아이인 그녀는 불행해하며 저세상으로 떠났으니까. 내 행복이 다른 사람의 불행과 맞닿아 있을 수도 있다는 사실 앞에서 나는 한없이 미안했고 무기력해졌다.

그녀의 죽음은 내게 많은 깨달음을 주었다. 내가 행복한 순간에도 목숨을 내던져야 할 정도로 불행한 사람이 있다는 것을 잊지 말아야 한다는 사실과 내 행복을 위해서 남의 불행을 외면하지 말아야 한다는 사실을. 또 힘들고 불편하고 괴로울지라도 정의가 무엇인지 안다면 그 길을 외로이 선택해야 한다는 사실을 말이다.

내가 글을 쓰는 한 어떤 식으로든 그녀를 위한 이야기 한 편은 써서 이 마음을 전하고 싶었다. '추락하는 당신의 몸을 딸아이 업어 주듯 내 등으로 온전히 받아 낼 수 있었다면 얼마나 좋았을까' 수백 번쯤 생각했다고……. 그녀에게 늘 빚진 기분이었다. 이 책은 그녀를 포함한, 이 순간 힘들고 슬프고 외로운 모든 사람들에게 드리는 내 나름의 위로이다. 나의 진심이 전해질 수 있다면 더 바랄 것이 없겠다.

고통의 끝자락에서 희망을 꿈꾸는 날에
김리하

바다로 간 달팽이 019

추락 3분 전

1판 1쇄 발행일 2017년 7월 3일 **1판 5쇄 발행일** 2023년 11월 1일
글쓴이 김리하 **펴낸곳** (주)도서출판 북멘토 **펴낸이** 김태완
편집주간 이은아 **편집** 김경란, 변은숙, 조정우 **디자인** 황수진, 안상준 **마케팅** 강보람, 민지원, 염승연
출판등록 제6-800호(2006. 6. 13.)
주소 03990 서울시 마포구 월드컵북로 6길 69(연남동 567-11) IK빌딩 3층
전화 02-332-4885 **팩스** 02-6021-4885

📤 bookmentorbooks.co.kr   ✉ bookmentorbooks@hanmail.net
📷 bookmentorbooks__   ⓕ bookmentorbooks

ⓒ 김리하 2017

ISBN 978-89-6319-237-6 03810